VOLUME 6

An Anthology of Literary Translations / Anthologie de traductions littéraires

Edited by / Publiée sous la direction de
Maureen Ranson

with the ATIA Literary Translation Collective Editorial Committee / avec le comité de rédaction du Collectif de traduction littéraire de l'ATIA
Nésida Loyer
Susan Ouriou
and the assistance of ATIA members /
et l'aide des membres de l'ATIA
Charlotte Bachelor
Lucie Beauséjour
Anja Brito
Ruth Schürch-Halas
and LTAC member / membre de l'ATTLC
Marta Marín-Dòmine
and of / et d'Ana Maria de Oliveira Brito

First Edition 2004
Canadian Cataloguing in Publication Data
Main entry under title: *TransLit Volume 6: An Anthology of Literary Translations*
ISBN 0-9698371-3-5

Credits

Cover design from *TransLit Volume 5* by Red Deer Press
Printed and bound in Canada by Blitzprint

Acknowledgments

Financial support provided by the Alberta Foundation for the Arts, the Association of Translators and Interpreters of Alberta / Association des traducteurs et interprètes de l'Alberta (ATIA) and the Literary Translators' Association of Canada / Association des traducteurs et traductrices littéraires du Canada (LTAC/ATTLC).

The Alberta Foundation for the Arts

Alberta
COMMUNITY DEVELOPMENT

COMMITTED TO THE DEVELOPMENT OF CULTURE AND THE ARTS

ATIA
PO Box 2635 Station M
Calgary, AB Canada T2P 3C1
Telephone/Téléphone (403) 243-3477
E-mail/Courriel admin@atia.ab.ca
Web site / Site Web www.atia.ab.ca

LTAC/ATTLC
SB 335 – Concordia University / Université Concordia
1455, boul. de Maisonneuve Ouest
Montréal, QC Canada H3G 1M8
Telephone/Téléphone (514) 848-8702
E-mail/Courriel info@attlc-ltac.org
Web site / Site Web www.attlc-ltac.org

To order additional copies of *TransLit Volume 6* and *TransLit Volume 5*, see the form at the back or contact ATIA. / Pour commander des exemplaires de *TransLit Volume 6* ou *TransLit Volume 5*, voir le bon en dernière page ou contacter l'ATIA.

CONTENTS / TABLE DES MATIÈRES

PREFACE

TransLit Volume 6 continues a decade-long tradition with translations by seventeen translators who selected short fiction and poetry by nineteen different writers. Some of the translators and writers, whose work appears here in English, French, Portuguese, German, Catalan and Spanish, are not yet well-known in some areas; others are internationally recognized.

This volume again transcends geographic borders, featuring an Ottawa translator now living in Provence in France who translates an all-too-real fairy tale, with its own Enchanted Forest and King Arthur's Court, created by a Quebec writer who has lived in Alberta and now resides in Quebec City. A pair living in Newfoundland offer entrancing prose poems. Fables from a Cuban writer are delivered via Montreal. A translator from Indiana introduces two young German poets to English readers. A poem within a play by a London-born writer who settled in Saskatoon and helped found the Saskatchewan Writers Guild is translated into Catalan by a translator born in Barcelona, now living in Saskatoon. Ongoing Montreal-Calgary connections produce an Albertan's translation of another short story by a Quebec writer. A Calgarian originally from France gives French readers access to a story by Timothy Findley, a Canadian of international stature whose recent death is still mourned. Map-dreaming in the Canadian Rockies by a British Columbia novelist becomes *carto-rêverie* for French readers of a Calgary translator born in France, now a mountain novel expert and backcountry aficionado. West coast poets find a Portuguese-speaking audience through a poet born in Angola, raised in Portugal and residing in Calgary who won the Commonwealth Writer's Prize—Canada/Caribbean Region Best First Book Award for 2003.

Time, as well as geography, is hauntingly evoked even transcended in these pages. Mothers share lessons in time and crime with their children. We hear the voices of map-dreamers, mapmakers and music makers from long ago as well as the squawks of a chosen chicken killed on the highway en route to slaughter. The pieces selected lead us to ponder the fate of the chosen, of bricklayers in a bar-room brawl, of Sleeping Beauty, Galileo, Edison, Émile Nelligan, to discover mystery, myth and magic through searches real and imaginary, a search for something lost, for a father no longer present, for a relationship, for love. Transformations take place; the frog turns out to be a prince, foxes turn into humans and humans into foxes, a protector turns executioner. Themes frequently examined in literature resurface in arresting images and unexpected developments.

I want to thank all *TransLit* contributors, those translators and writers working in diverse combinations and situations who share their art in these pages, for the gift of communication without borders.

Maureen Ranson (March 2004)

PRÉFACE

TransLit Volume 6 renoue avec une tradition vieille de dix ans pour présenter l'œuvre de dix-sept traducteurs et traductrices. Leur choix s'est porté sur des nouvelles et poèmes de dix-neuf écrivains. Parmi ces traducteurs et auteurs — qui déclinent ici leur art en français, anglais, portugais, allemand, catalan et espagnol — il en est d'encore peu connus dans certaines régions du globe, tandis que d'autres sont célébrés à l'échelle internationale.

Ce recueil transcende une fois de plus les frontières géographiques, avec une traductrice d'Ottawa résidant actuellement en Provence, dont le conte de fées – qui n'est que trop réel avec sa forêt enchantée et sa cour du roi Arthur – sort tout droit de l'imagination d'une auteure québécoise ayant vécu un temps en Alberta et habitant maintenant Québec. Un couple de Terre-Neuve nous offre d'éblouissants poèmes en prose. Des fables d'un écrivain cubain transitent par Montréal. Un traducteur de l'Indiana révèle au lectorat anglais deux jeunes poètes allemands. Un poème tiré d'une œuvre dramatique par une écrivaine native de Londres, installée à Saskatoon et qui a participé à la création de la Writers Guild de Saskatchewan, est rendu en catalan par une traductrice née à Barcelone et vivant à présent à Saskatoon. Une relation continue Montréal-Calgary débouche sur la traduction, par une albertaine, d'une autre nouvelle d'une auteure québécoise. Une résidente de Calgary née en France met à la portée des lecteurs français un récit de Timothy Findley, auteur canadien de stature internationale dont la disparition récente se fait encore sentir. Le regard que porte un romancier de Colombie-Britannique sur une carte des Rocheuses canadiennes se mute en *carto-rêverie* pour ceux qui lisent l'œuvre d'un traducteur calgarien originaire de France, devenu spécialiste du roman de montagne et mordu de l'arrière-pays. Des poètes de la côte Ouest trouvent un auditoire lusophone par la voix d'un chantre angolais, élevé au Portugal et demeurant à Calgary qui s'est vu décerner en 2003 le prix des écrivains du Commonwealth — catégorie meilleur premier livre pour la région Canada-Caraïbes.

Dans ces pages, le temps, à l'instar de la géographie, est évoqué de façon envoûtante, voire transcendé. Des mères transmettent à leurs enfants le goût du temps qui passe et du crime.

La voix des carto-rêveurs, des cartographes et des ménestrels de jadis s'entremêle aux gloussements d'une poule qui trouve sa fin sur l'autoroute de l'abattoir. Ces morceaux choisis nous amènent à réfléchir sur le destin de l'élue, de maçons impliqués dans une échauffourée de bar, de la Belle au bois dormant, de Galilée, d'Edison, d'Émile Nelligan. Une quête après l'autre — imaginaire ou réelle — nous entraîne dans le monde mystérieux du mythe et de la magie, la quête de quelque chose de perdu, d'un père absent, de rapports humains, d'amour. Surviennent des métamorphoses : la grenouille se mue en prince, le renard en homme et l'homme en renard, le protecteur en bourreau; de grands thèmes de la littérature resurgissent dans des images fortes et des trames fertiles en rebondissements.

Merci à tous ceux et celles qui ont collaboré à *TransLit* de nous amener, au fil de ces pages, à partager leur art. C'est bien leur talent de traducteurs et d'auteurs, mis au service d'histoires captivantes relatées en diverses paires de langues, qui permet une communication sans frontières.

Traduit par Nésida Loyer (mars 2004)

SI PARLA ITALIANO

SYLVIE NICOLAS

translated from French by / traduit du français par
Mara Bertelsen

ALL SAUCES ARE ITALIAN. Mine is just as Italian as yours. I laugh as I say it, teasing. I can help you, I say. No. No. No. I promised. It's my sauce. I'm the one who will make it, insists Jean. I press the little bag of *fines herbes* and Italian spices against my knees. You're sure they'll have bought everything? Yes, yes. He slows down the car. Almost stops. My heart knocks inside. Come in, I hear myself say to my heart. The car races up. Then down. A tiny slope that, from the other side, reveals the whole world right beneath our noses. It's beautiful, I say, sitting stock-still. Feeling, of course, that time has melted away. That we have arrived. That we will get out of the car.

Jean is already outside. I open the door. I stay behind. My head flies up to the treetops. So high. So tall. So giant. Here we are in the land of the Giants. The Ogress and the Ogres. Perhaps there will be dwarves for me to make merry with. The arms of a woman and the hands of a man stretch out toward Jean. Let's call the woman the wicked Queen. She kisses Jean. I know it's her because I've seen a picture. I recognize her. Even without the rose she held between her fingers in the photograph. She and Jean were once lovers. A summer romance. That was before me.

Let's call the man at her side King Arthur. He shakes Jean's hand. He seems calm for a man who's been cheated on. He looks at me. Smiles at me and comes to kiss me. Maybe he doesn't know that the Queen made love and played lover with my Gulliver of several years. I let the warmth of Arthur's shoulders squeeze up to me. He seems nice and very attentive. He has a nice laugh. Maybe he can't get it up anymore. I'm raving. I'm embarrassed to have had such a thought. I refuse to follow that train.

The air is as fresh as a summer baby. It smells like a newborn. The Queen embraces me. We're meeting for the first time. Does she know that I know that she and my love made love in a tent, in the undergrowth, in a bed, too, sometimes. Jean told me everything. I like the feeling that I'm a fairy bearing this truth.

We all walk. The Queen holds her hand out to Jean. Who lets his hand slip into the golden brown hand of the newly refound Queen. My hands grip the Italian spices. I rub the bag between my fingers. I ease up a bit. We've only taken a few steps when already Arthur and the Queen's daughter, topless, breasts to the wind, races to catch up with us. Jean! yells the girl. Jean! yell the girl's breasts. I'm. So. Happy to. See. You. Again.

Jean never told me about the girl. Or about her breasts. Or about her copper-tone skin. Or about her summer sun-kissed hair. She kisses him. Her breasts rub up against Jean's heart like puppy dogs looking for warmth. Arthur and the Queen smile. They explain that the Princess just got back from a long cruise in Greece. She absolutely must tell about her trip. The sea. The ocean. The waves. The sun. The heat. The great murmurs of white sand. My body has gone into dry dock. I lag a bit behind. Did he sleep with her, too? I feel like a witch. Gimp. Hopping on a toothless broom. The Princess didn't say hello to me. She leads Jean off to another continent. Arthur turns around and grasps my wrist. He tows me like you tow a stranded barge. He imprisons my wrist and pulls me with all his might toward the back courtyard filled with strangers. I shrink. That's it, I've become a dwarf. And if I were to drown in the Italian sauce? Who would come save me?

A naked man by the poolside waves to us. He dives. The water ripples. Someone throws a ball. The naked man becomes a seal and tries to bounce the ball on his nose. Laughter. Applause. The Italian spices murmur in the bag. *Si parla italiano.*

Let's call this place the Enchanted Forest.

Arthur offers me a drink. Jean, the Queen and her daughter travel across Greece, the islands. Their boats drift away. Arthur is so nice. He introduces me to the court. The counts and countesses, the dukes and duchesses. Two French ambassadors in raptures over the various forms of navel. I shake hands. They say, "Oh!" They say, "Ah!" They say, "Yes!" "Really?" They're searching. "You are? You're not? Would you be? No, no, I'm not." Conversations pick up again. Longer. More cheerful. I take the opportunity to slip away. There is no one I can go to. Except Jean, whom I can't go to just now since I don't want to seem as though I'm keeping an eye on him. Or chasing him. Or clinging to him.

The flowers are magnificent. The lawn chairs antique. The woodwork warm and inviting. The tree branches stir. The naked man dives again. People burst out laughing and yell obscenities. I look for a chipmunk that ran off. A big cat hops onto a lawn chair. Another makes its way down the steps. The naked man gets out of the water. The girl dances with her arms around his neck. She rubs her puppy dogs up against the beautiful stranger's wet skin. They start to dance a samba. She yells Dad, bring us a Sambuca. Their arms spread open. The Queen has turned up the radio. The music rolls across the lawn. Arthur has disappeared into the house. The breasts jiggle about. Up. Down. Sideways. The girl drops her head back. The naked man is her man. Her prince. Her knight. Behind my back, someone murmurs are you going to swim? I give a start. His eyes see me naked. I melt on the lawn. My clothes fly off into the wind. A hump grows out of my back. His eyes lick my body. Where are my clothes? In a pumpkin that holds my fur slipper and Cunterella airs? I say no. I lie. I say I don't like the water. My eyes dive down into my glass. Eyes bungee jump into the still water. I notice my fingers pressed on the bag. I open the bag. The Italian spices are still captive, but serene.

Jean has disappeared. The music slams like a ton of bricks. The Big Bazaar bangs on. The strangers idle about. Where did the girl vanish? My thoughts deviate. And what if the Queen were Madame Claude. And Arthur her pimp. And what if all these sunbathers were johns breathing in the strong scent of firm young flesh? It smells of white slave trade. A whodunit. Disappearances. Organized crime. And what if someone's thinking of kidnapping me?

Let's call this moment the soap opera.

Arthur hands me another drink. I set down the empty glass and take the full one. The ice cubes shiver. He has such a nice smile. I drink. Does the drink contain some evil potion, some drug for bulldogs or some powerful sleeping pill? Thoughts run wild behind my brow. The desire to sleep crosses me like a bridge. Here I am at the edge of Sleeping Beauty's forest. Pricked in the finger, a spindle at my feet. Where is the frog turned Prince who will come to kiss me?

I will go into the house and find Jean who is cooking in the kitchen. I will hand him the spices and say *si parla italiano.*

I pick up the bag of spices and Arthur guides me to the entrance of the house. His arm, his fingers say. Front hall. Dining room. In the back, kitchen. I climb the stairs. Everything is so nicely decorated. In all the little things. Lace. Prints. Wicker on the veranda. Art books left open. I go into the dining room. Posters. Drawings on the wall. Walls like granular, white facades, with a faint blue tinge. Wainscoting, white ash floors, an antique chest. I like. This place. Books open. Closed. Breathing in the room.

Laughter in the kitchen. Laughter from the girl falls on my ice field. I can just make out his hair behind her shoulder. She rubs her puppy dogs on Jean's back. Rub a dub dub. And laughs. Like a wet otter. And sails away. Propelled millions and millions of light years away. I am held captive in a tower. I am waiting to be freed so I can flee into a forest of ashen pines. But Jean doesn't turn around. He stays there. He doesn't know I'm walled in and could be sacrificed. Punished. Drawn and quartered. Hung in the scorching sun. Chained in an iron cage. A heart bleeds. A body withers away. Puppy dogs yelp. I hear their cries. I can imagine their open little snouts. I feel their enormous need to be suckled.

Let's call this the moment of the poisoned sauce.

I fall. Like a plucked daisy. Loves me. Loves me not. Loves me. Loves me not. My daisy heart stands there wilting in the dining room. I can no longer walk. I'm a little Chinagirl with bound, strangled feet and atrophied toes.

I advance. Just a little. Oh. Such a little. The girl sings *Life is Beautiful*. I stop between the two rooms, between two chairs. I lift the bag of spices. And I hear myself say you forgot the spices. The girl breaks away. Like a continent of ice. Her wet footprints leave a huge lake on the floor.

She drops a kiss on Jean's shoulder. Steals a stick of celery. Backs away. And exits. Through the side door. Jean walks on the waters. He seems occupied. She came in to help me, he says without choking on the words. I set the little bag on the counter. He bends down and kisses me. I love us. In the drawn-out kisses. In the odour of tomatoes. Garlic. Beside carrots, celery and sliced peppers. Is it over already, the kiss I would have liked to last at least forever and a day? You want me to help? I hope he'll say yes. Yes. Yes. But he shakes his head.

I drag my feet a bit. I look around. He calls out a few words. I am too far away. I leave him. I desert him on my island. I'm getting ready to go out. But first, a magazine gives me the eye. I take refuge on the steps at the side of the house. On the steps where the girl's wet footprints are evaporating. I open the magazine. In the distance, the voices, all the voices, wed and divorce in laughter and shouts. I try to read an article about beauty. Learn about miracle recipes. The women in the pictures are April moons, stars. Priestesses. I fly away with great strokes, long, sleek and beautiful. I dive into a mud bath. I shake two metres of endlessly waving blond hair. I give a slight bow. My clothes are nothing but long, white veils. Vaporous tulle lifted by the wind. I jump with a start.

Arthur is seated at my side. He rests his hand on my thigh. I turn into a pillar of salt. I don't even try to escape. It's no longer summer. Or the revered countryside. It's Antiquity and here I am frozen like a statue on a step. His hand is insistent. I don't dare look at him.

And then his son is before me. He is seventeen. He is as beautiful as a Greek god. Arthur says this is my son. The son bends down. He kisses my hand. His tender, childlike, boyish, young Titan fingers break the spell. Here I am freed from a deep sleep that lasted several hundred years. He leads me into the house. We undulate with youth and tenderness. He heads down into the basement. I follow him. And what if. Him, too? I shake myself out of it. He has barely left Walt Disney's fold. We enter his room. His place. His music. His albums. And his photos. He has talent. Arthur calls out from behind me. Show her your photos. Arthur leans on the doorframe. I sit on the bed. The son, too. Arthur closes the door. A second. A fraction of a second. The closed door worries me. Worried me.

Where are the 101 Dalmatians? Mickey and Minnie? No ogre. Or famished wolf. I dangle my feet. If Peter Piper picked a peck of pickled peppers where's the peck of pickled peppers Peter Piper picked? Nursery rhymes rise up inside me. Bounce around my head. Light. One, two, buckle my shoe. I become a little girl again and exile myself in the magical folly of words. I could stay there for hours on end. I hope the sauce will take its sweet time. The son rubs his stomach. He says it's my first time. I hope he's talking about the sauce.

It's an old recipe that Jean got from his mother, who got it from an old Italian immigrant. I think she came to the house and cooked all afternoon. She also made the pasta. The sauce is extraordinary. I lie. I just said that the sauce is extraordinary. And. I. Realize that I have never tasted it. Jean has often talked about it.

But never. No. Really. Ever. Has he made it for me. I don't say it. So he won't think I'm talking about things I know nothing about.

Let's call this the moment of truth.

The door opens. The Queen says, everything OK, kids? She's referring to us. I, too, am one of the *kids*. I hope she doesn't think that I corrupted her son. That I deflowered him on his bed. I hope she takes a good look around and sees that there is nothing to see. Discover. Or suspect.

I say, quickly I say, the photos are beautiful. He has talent. It's not his only talent, replies the Queen with an enigmatic smile. She has bewitched me. We're anxious to taste this famous Italian sauce, continues the Queen. Well, what do you know, she has a slight accent. Stale French or chocolaty Belgian? She says are you coming? We're serving cocktails and appetizers.

I get up. So does the son. I go upstairs. I glance toward the kitchen. No Jean. The sauce simmers with big bubbles, plop! plop! All by itself. Like a big girl.

I turn around. The son holds the door for me. Here we have become Guinevere and Sir Lancelot. Outside, everyone in the court is applauding. Whale-of-a-time laughter. Dolphin cries. Arthur wraps himself around the Queen. It makes me feel better. In the centre of the arena, the naked man has turned into the Manneken Pis. He doesn't urinate. He pretends to. Everyone's having fun. Except Jean who assumes the Shakespearian air of a nobleman on the footbridge of his own castle. The girl plays in her long skirt and beach thongs. She sways. She moves her arms. Hawaiian dancer. Climbs up onto a chair. Becomes a Siren. Serenades Ulysses' travels. The drunken lawn is a boatful of songbirds. I am Ulysses and I bind myself to the mast. Jean's arm that I have just found again.

Let's call this the moment of necessity.

The appetizers circulate on platters that the Princess who has stopped singing picks up and offers. I politely refuse. I feign I'm not hungry. I'm hungry for Jean. For him. For us. For his kisses. For my life in his night. For Italy. For speaking Italian. For wine. For a bed of pasta in which we would sleep. For a bed covered with sauce. For the Tower of Pisa leaning over us. For the Vatican and a man in white. For sensual and odorous Italians.

The naked man pulls on some trousers. Then a shirt. More laughter. Applause. The son stays there. Watching. Me. I lower my eyes. A few people have started to dance. The weather waltzes.

Darkens. The sky changes. Grows grey. The girl is pressed against the Manneken Pis who has just about finished getting dressed. She walks him to the door and seals the departure with a French kiss, arms intertwined, puppy dogs calmed down. Maybe she'll leave, too. With him. To love him far from here?

She comes back. He's gone to work. He'll return late tonight. She's the one who says so to the Queen and Arthur. He'll come back and sleep in her bed, say Arthur and the Queen's eyes. And he'll wake us up in the night, shout the puppy dogs that I had forgotten. The girl shivers and runs to put something on. Finally.

We make our way toward the castle. I can't keep straight who's leaving and who's staying anymore. The French Ambassadors are there, as well as Arthur, the Queen, the son, the girl, Jean and me. Jean has left me. For the kitchen. Quickly. To check on the sauce. Because the girl yells out it's going to stick!

Here we are seated in the dining room. The cocktails have come back and set themselves down in front of us. Jean is in the kitchen. Behind my back, I hear the girl. She, too, is in the kitchen. The Queen is sitting down. She is beautiful. I know she knows that I know that she and Jean slept together. She's trying to read me to see whether. I know. She does. I keep a steady gaze. Without flinching. I am a vague image. A Sisley night sky, a patch of fog, sun, night, cloud, rain. The colours fall. My image sharpens. I am abstract, clear-cut and jagged. A *demoiselle d'Avignon* standing on a mushroom. She can interpret me in any way. In Borduas' palette, my white face might say I know. In the palette of Lemieux or Gingras, my white face might say I don't know. Since I don't seem worried, I know she's opted for I know.

The son sits to my left. The ambassadors at each end of the table. There are three chairs left. Two to the left of the Queen. One to my right.

The ambassadors can't get over the smell that reminds them of a sauce their old nanny from Italy used to make. A nanny who made everything. The pasta and the sauce. I sense that Jean will be pleased.

The Queen can't stop looking at me. She raises her voice. And talks about the course that she and Jean worked on together one summer long. It makes for a lot of nights, a summer. A lot of paths. Wooded areas. Roses to caress. Kisses. Tenderness. I can no longer remember whether Jean told me how many times they made love. In the woods. In the tent. In bed. I didn't ask him. She lets all the doubt hang. And of course spices up the anecdotes about their work. The long days. The overexcited students. Tells. Tells. All. All. All. Save the kisses. The love. And the sweet nothings. She liked him to call her bunnykins and she loved to call him snookums. It was passionate love everywhere, even in the rosebushes where their image was captured in the photograph forever.

Arthur sits next to me. Jean will have to sit on the other side of the table. Here I am caught. The son and Arthur have become my two walls. My fortresses. My castles and my knights. The Queen gives me a nineteenth-century smile. I can smell a mantrap. Vultures? Will I be thrown to the lions? Or crocodiles? Or bitten by ambassadors gone mad?

Let's call this the moment of distraction.

The girl hands out the bowls of pasta. Jean arrives behind her with the pot full of sauce that he sets in the middle of the table. The Queen ladles out the sauce. Hands reach for slices of French bread. The slightly softened butter spreads as though over little white tummies. I do everything more slowly. I film myself in slow motion. Medium close-up of Jean. Close-up of the two empty chairs. Long shot. The Queen, the two chairs and the girl. Action. The girl takes the seat on the right. Jean sits in the middle. There he is stuck between the girl and the Queen. Facing me. And there I am packed tighter and tighter between the son and Arthur. And what if I starting shouting. Cut!

Arthur pushes his thigh and his knee against my thigh and my knee. And because it never rains but it pours, the son's fingers hurl themselves like lassos. I can't think anymore. My head grows light. I become an airship. A giant Hindenburg that rises up over the table, soars into the sky. Carries dozens of passengers in its belly. In the air. Flying over the Earth.

Let's call this the moment of elevation.

From above, the pasta becomes bamboo roots and the sauce a vast swamp of mud or quicksand. The hands, fingers, bodies below fall asleep. They all ate a poisoned apple. Hee, hee, hee, the witch was here. We'll come back later. In millions of years, to retrieve your fossilized corpses.

The son's knees and Arthur's, too, clamp around mine. Tighter. Closer. Little jaws. I clench as much as I can. And then no. I relax. Let them touch what they want. Under the table. Let them push, let them squeeze. Let them slip their free hands under the tablecloth. Let them caress. I relax my knees. Even open them. I wait for the hands. The son's hand lingering on my knee. He caresses the skin. My eyes maintain contact. My mouth smiles. My words, like rare birds, flap their wings. The hands. Father-son, the hands. Arthur-son, the hands. Don't know. May never know that they, these hands, simultaneously sought the same secret.

My lips part for the wine. Press the edge of the glass. The ambassadors are drunk. She cock-a-doodle-doos. He goes Peep! Peep! Peep! The Queen has wrapped her fingers round the fingers of Arthur's free hand. Arthur is her king. She is his Queen. Arthur's eyes are medals of honour. The Queen's eyes are tender cameos. The girl hums a song from an opera. Jean does the bass. The boom-booms. The cymbals. The triangles and the sobbing violin. The son doesn't say a word. Doesn't look at anything. Or anyone. His eyes are glued to the tablecloth. His brow is white with audacity. Beneath the table, his quivering fingers trace butterflies on my skin. With his free hand, he brings a glass of wine to his lips.

I close my eyes a moment. The wandering hands are just touching my skin. Arthur's travels very high near the thigh. The son's hesitates like a stolen kiss. My thighs don't renounce. My neck tightens. I am a land of exile, an island from whence hands on a treasure hunt have withdrawn.

The son puts on music. Arthur takes me by the wrist. I look at his hand on my wrist. It's *the* hand. The hand that was wandering under the tablecloth. I get up, resist a bit and relax again. Dance. A little. Why not. Instead of. Drying out. Like skin without a soul.

The ambassadors clap their hands. The scent of tomatoes is everywhere. In the room. On Arthur's neck. On his lips. At the tips of my toes. We dance. Dance. With nothing but rhythm between us. With nothing but our giggles. We dance without him trying to slide his hands anywhere at all. We dance freely. Far from the rising wind. The deserted plates. The night gradually swallowing up our shadows on the ceiling.

We will leave. Sooner or later. In the wee hours of the morning. Our lips sealed. Secrets all over our hands. The damp odour of grass under our arms. Ferns in our necks. The sound of foliage brushing our cheeks. There will be roads and roads of fatigue. Eyes and eyes shut for me. Kilometres of eyes glued to the road for Jean.

We will count to three. And I will know, even in a million years, that Blue Beard didn't slit my throat.

I live on an island where hands came seeking asylum. A strange land where I endlessly travel through wonders and mirrors. My name is Alice. In my country, I am king and queen. And. Si, si, si. Parlo italiano.

Let's call this the moment of Mona Lisa's smile.

SI PARLA ITALIANO

SYLVIE NICOLAS

TOUTES LES SAUCES SONT ITALIENNES. La mienne est aussi italienne que la tienne. Je ris en le disant, en taquinant. Je peux t'aider, je dis. Non. Non. Non. C'est ma promesse. C'est ma sauce. C'est moi qui la ferai, insiste Jean. Je serre sur mes genoux le petit sac de fines herbes et d'épices italiennes. Tu es sûr qu'ils auront tout acheté. Oui, oui. Il ralentit la voiture. S'arrête presque. Le cœur cogne en moi. Entrez, que je m'entends dire à mon cœur. La voiture s'élance vers le haut. Puis vers le bas. Une toute petite pente qui de l'autre côté nous offre le monde entier sous le nez. C'est beau, je dis, assise sans bouger. À sentir, bien sûr, que le temps est écoulé. Que nous sommes arrivés. Que nous sortirons de la voiture.

Jean est déjà dehors. J'ouvre la portière. Je reste derrière. Ma tête valse vers la cime des arbres. Si hauts. Si grands. Si géants. Nous voici au pays des Géants. De l'Ogresse et des Ogres. Il y aura peut-être des nains avec qui je pourrai fraterniser. Les bras d'une femme et les mains d'un homme se tendent vers Jean. Appelons la femme la méchante Reine. Elle embrasse Jean. Je sais que c'est elle parce que j'ai vu une photo. Je la reconnais. Même sans la rose qu'elle tenait entre ses doigts sur la photo. Elle et Jean ont été amants. Amoureux d'été. C'était avant moi.

Appelons l'homme qui est à ses côtés, le roi Arthur. Il serre la main de Jean. Il a l'air calme pour un homme trompé. Il me regarde. Me sourit et vient m'embrasser. Peut-être ne sait-il pas que la Reine a fait l'amour et l'amante avec mon Gulliver de plusieurs années. Je me laisse serrer par la chaleur des épaules d'Arthur. Il a l'air gentil et plein d'attentions. Il a un beau rire. Peut-être n'arrive-t-il plus à avoir d'érection. Je divague. Je suis gênée d'avoir eu cette pensée. Je me détache de la vague.

L'air est tendre comme un poupon d'été. Ça sent le petit bébé. La Reine m'enlace. Nous nous rencontrons pour la première fois. Sait-elle que je sais que mon amour et elle se sont aimés sous une tente, dans un sous-bois, dans le lit aussi, parfois. Jean m'a tout raconté. J'aime sentir que je suis une fée porteuse de cette vérité.

Nous marchons tous. La Reine tend la main vers Jean. Qui laisse sa main glisser dans celle, toute bronzée, de la Reine retrouvée. Je serre mes mains sur les épices italiennes. Je froisse le sac entre mes doigts. Je relâche un peu. Nous n'avons fait que quelques pas que déjà la fille d'Arthur et de la Reine, torse nu, seins à la volée, court nous rejoindre. Jean ! crie la fille. Jean ! crient les seins de la fille. Que. Je. Suis. Contente de. Te. Revoir.

Jean ne m'a jamais parlé de la fille. Ni de ses seins. Ni de sa peau cuivrée. Ni de ses cheveux enivrés de soleil d'été. Elle l'embrasse. Ses seins se frottent au cœur de Jean comme des bébés chiens qui cherchent la chaleur. Arthur et la Reine sourient. Ils racontent que la princesse revient d'une longue croisière en Grèce. Il faut à tout prix qu'elle raconte le voyage. La mer. L'océan. Les vagues. Le soleil. La chaleur. Les grands murmures de sable blanc. J'ai le corps en cale sèche. Je traîne un peu derrière. A-t-il également couché avec elle ? Je me sens sorcière. Boiteuse. À cloche-pied sur un balai édenté. La princesse ne m'a pas dit bonjour. Elle entraîne Jean sur un autre continent. Arthur se retourne et m'enserre le poignet. Il me hale comme on hale un chaland sur la grève. Il emprisonne mon poignet et me tire de toutes ses forces vers l'arrière-cour peuplée d'étrangers. Je rapetisse. Ça y est, je suis devenue naine. Et s'il fallait que je me noie dans la sauce italienne ? Qui viendrait me sauver ?

Un homme nu sur le bord de la piscine nous fait signe. Il plonge. L'eau frétille. Quelqu'un lance un ballon. L'homme nu devient phoque et tente de faire sauter le ballon sur son nez. Ça rit. Ça applaudit. Les épices italiennes murmurent dans le sac. *Si parla italiano.*

Appelons cet endroit la forêt enchantée.

Arthur m'offre à boire. Jean, la Reine et la fille traversent la Grèce, les îles. Leurs bateaux dérivent. Arthur est si gentil. Il me présente à la cour. Les comtes et les comtesses, les ducs et les duchesses. Deux ambassadeurs de France qui s'extasient sur les multiples formes de nombrils. Je serre des mains. On dit « Oh ! » On fait « Ah ! » On dit « Oui ! » « Vraiment ? » On cherche un peu. « Vous êtes ? Vous n'êtes pas ? Seriez-vous ? Non, non, je ne suis pas. » Les conversations reprennent. Plus longues. Plus enjouées. J'en profite pour m'éloigner. Il n'y a personne vers qui aller. Sauf Jean que je ne peux pas rejoindre maintenant pour ne pas avoir l'air de le surveiller. Ou de le poursuivre. Ou de m'agripper.

Les fleurs sont magnifiques. Les chaises de parterre, antiques. Les boiseries de la maison, charmantes et enveloppantes. Les branches des arbres s'agitent. L'homme nu plonge à nouveau. Les gens s'esclaffent et crient des obscénités. Je cherche des yeux un suisse disparu. Un gros chat saute sur une chaise de parterre. Un autre descend les marches du perron. L'homme nu sort de l'eau. La fille valse à son cou. Elle frotte ses bébés chiens contre la peau mouillée du bel étranger. Ils se mettent à danser une samba. Elle crie papa, apporte-nous une sambuca. Leurs bras se déploient. La Reine a augmenté le volume de la radio. La musique roule sur le gazon. Arthur disparaît dans la maison. Les seins gigotent. En haut. En bas. De côté. La fille penche la tête vers l'arrière. L'homme nu est son homme. Son prince. Son chevalier. Dans mon dos, quelqu'un murmure vous allez vous baigner ? Je sursaute. Ses yeux me regardent nue. Je fonds sur le gazon. Mes vêtements volent au vent. Une bosse pousse dans mon dos. Ses yeux lèchent mon corps. Où sont mes vêtements ? Dans une citrouille avec, dedans, mon soulier de vair et mon air de Cudrillon[1] ? Je dis non. Je mens. Je dis que je n'aime pas l'eau. Mes yeux plongent dans mon verre. *Bungee* du regard dans l'eau plate. J'aperçois mes doigts froissés sur le sac. J'ouvre le sac. Les épices italiennes sont toujours captives, mais sereines.

Jean a disparu. La musique tonne comme une tonne de briques. Le Big Bazar bazarde. Les étrangers musardent. Où s'est la fille éclipsée ? Je dérape. Et si la Reine était Madame Claude. Et Arthur, son pimp. Et si tous ces bronzés étaient des clients humant la chair fraîche à plein nez ? Ça sent la traite des blanches. Le film policier. Les disparitions. Le crime organisé. Et si on songeait à me kidnapper ?

Appelons cet instant celui du téléroman.

Arthur me tend un autre verre. Je dépose le vide et prends le plein. Les glaçons grelottent. Il a un si beau sourire. Je bois. Y a-t-il dans cette boisson quelque philtre maléfique, quelque drogue pour bouledogue ou quelque somnifère d'enfer ? Ça galope derrière mon front. Le désir de sommeil me traverse comme un pont. Me voici à l'orée du Bois dormant. Piquée au doigt, une quenouille à mes pieds. Où est la grenouille changée en prince qui viendra m'embrasser ?

---

[1] Nom du personnage principal utilisé dans l'histoire originale avant que le puritanisme ne le transforme en Cendrillon.

Je vais entrer dans la maison et retrouver Jean qui cuisine dans la cuisine. Je vais lui tendre les épices en disant *si parla italiano.*

Je lève le sac d'épices et Arthur me guide jusqu'à l'entrée de la maison. Son bras, ses doigts disent. L'entrée. La salle à manger. Au fond, la cuisine. Je monte les marches. Tout est si bien décoré. Dans les petites choses. Les dentelles. Les imprimés. Le rotin sur la véranda. Les livres d'art délaissés. J'entre dans la salle à manger. Les affiches. Les dessins au mur. Les murs comme des façades blanches granuleuses, légèrement bleutées. Les boiseries, les planchers francs, un bahut ancien. J'aime. Le lieu. Les livres ouverts. Fermés. Qui respirent dans la pièce.

Des rires dans la cuisine. Ceux de la fille tombent sur ma banquise. Je vois à peine ses cheveux à lui derrière son épaule à elle. Elle frotte ses bébés chiens dans le dos de Jean. Frotte. Frotte. Frotte. Et rit. Comme une loutre mouillée. Et vogue la galère. Propulsée à des millions et millions d'années-lumière. Je suis prisonnière d'une tour. J'attends d'être délivrée pour fuir dans la forêt de pins cendrés. Mais Jean ne se retourne pas. Il reste là. Il ne sait pas que je suis emmurée et que je pourrais être sacrifiée. Punie. Écartelée. Suspendue dans un soleil trop chaud. Enchaînée dans une cage de fer forgé. Un cœur saigne. Un corps s'achève. Des bébés chiens glapissent. J'entends leurs plaintes. Je devine leur petite gueule ouverte. Je sens leur besoin démesuré de téter.

Appelons ce moment l'instant de la sauce empoisonnée.

Je tombe. Comme marguerite effeuillée. M'aime. Un peu. Beaucoup. Passionnément. Pas du tout. Mon cœur de marguerite reste debout à faner dans la salle à manger. Je ne peux plus marcher. Je suis une fillette chinoise aux pieds enrubannés, étranglés, aux orteils atrophiés.

J'avance. Si peu. Oh. Un tout petit peu. La fille chante *C'est beau la vie.* Je m'arrête entre les deux pièces, entre deux chaises. Je lève le sac d'épices. Et je m'entends dire tu avais oublié les épices. La fille se détache. Comme un continent de glace. Ses empreintes mouillées laissent d'énormes lacs sur le plancher.

Elle dépose un baiser sur l'épaule de Jean. Vole une branche de céleri. S'éloigne. Et sort. Par la porte de côté. Jean marche sur les eaux. Il a l'air occupé. Elle est venue m'aider, dit-il sans s'étrangler. Je dépose le petit sac sur le comptoir. Il se penche et m'embrasse. Je nous aime. Dans les baisers prolongés. Dans l'odeur des tomates. De l'ail. À côté des carottes, du céleri et des poivrons émincés. Pas déjà fini le baiser que j'aurais voulu faire durer au moins deux éternités. Tu veux que je t'aide ? J'espère qu'il va dire oui. Oui. Oui. Mais il secoue la tête.

Je traîne un peu les pieds. Je regarde autour. Il lance quelques mots. Je suis trop loin. Je le quitte. Je le déserte sur mon île. Je m'apprête à sortir. Mais avant, un magazine me fait de l'œil. Je me réfugie dans les marches du côté de la maison. Sur ces marches où les traces mouillées des pas de la fille sont en train de s'effacer. J'ouvre le magazine. Au loin, les voix, toutes les voix, s'épousent et divorcent dans les rires et les éclats. J'essaie de lire un article sur la beauté. D'apprendre les recettes miracles. Les femmes sur ces photos sont des lunes d'avril, des astres. Des prêtresses. Je m'envole à grandes brassées, longue, lisse et belle. Je plonge dans un bain de boue. Je secoue deux mètres de chevelure blonde éternellement vaguée. J'incline la tête. Mes vêtements ne sont plus que longs voiles blancs. Tulles vaporeux soulevés par le vent. Je sursaute.

Arthur est assis à mes côtés. Il pose sa main sur ma cuisse. Je me transforme en statue de sel. Je n'ai même pas tenté de m'échapper. Nous ne sommes plus l'été. Ni la campagne adorée. Nous sommes l'Antiquité et me voici statufiée sur une marche d'escalier. Sa main insiste. Je n'ose le regarder.

Et puis son fils est devant moi. Il a dix-sept ans. Il est beau comme un dieu grec. Arthur dit voici mon fils. Le fils se penche. Il me baise la main. Ses doigts tendres d'enfant, de garçon, de jeune titan rompent l'enchantement. Me voici libérée d'un long sommeil de plusieurs centaines d'années. Il m'entraîne dans la maison. Nous ondulons de jeunesse et de tendresse. Il descend au sous-sol. Je le suis. Et si. Lui aussi ? Je me secoue les puces. Il est à peine sorti du giron de Walt Disney. Nous entrons dans sa chambre. Son lieu. Sa musique. Ses disques. Et ses photos. Il a du talent. Arthur le crie dans mon dos. Montre-lui tes photos. Arthur s'appuie contre le chambranle de la porte. Je m'assois sur le lit. Le fils aussi. Arthur ferme la porte. Une seconde. Une fraction de seconde. La porte fermée m'inquiète. M'a inquiétée.

Où sont les 101 dalmatiens ? Belle et Mickey ? Pas d'ogre. Ou de loup affamé. Je balance mes pieds. Petit pot de beurre, quand je te dépetit pot de beurreriseras-tu ? Des comptines montent en moi. Sautillent dans ma tête. Légères. Un, deux, trois, nous irons au bois. Je redeviens fillette et je m'exile dans la magie des mots en folie. Je resterais là des heures durant. Le fils se frotte le ventre. Il dit c'est ma première fois. J'espère qu'il parle de la sauce.

C'est une vieille recette que Jean tient de sa mère qui la tient, elle, d'une vieille immigrée italienne. Je crois qu'elle était venue à la maison et qu'elle avait cuisiné tout l'après-midi. Elle avait aussi fait les pâtes. Cette sauce est extraordinaire. Je mens. Je viens de dire que la sauce est extraordinaire. Et. Je. Me. Rends compte que jamais je ne l'ai goûtée. Jean en a souvent parlé. Mais jamais. Non. Vraiment. Jamais. Il n'en a pas fait pour moi. Je ne le dis pas. Pour qu'il ne croie pas que je parle de choses que je ne connais pas.

Appelons ce moment l'instant de vérité.

La porte s'ouvre. La Reine dit ça va, les jeunes ? Elle parle de nous. Je suis moi aussi *les jeunes*. J'espère qu'elle ne croit pas que j'ai débauché son fils. Que je l'ai dépucelé sur son lit. J'espère qu'elle regarde comme il faut et qu'elle voit qu'il n'y a rien à voir. À découvrir. Ou à soupçonner.

Je dis, vite je dis, les photos sont belles. Il a du talent. Ce n'est pas son seul talent, répond la Reine dans un sourire énigmatique. Elle m'a envoûtée. Nous avons hâte de goûter cette fameuse sauce italienne, reprend la Reine. Tiens, elle a un léger accent. Français usé ou belge chocolaté. Elle dit vous venez ? On sert les apéros et les petits fours.

Je me lève. Le fils aussi. Je monte à l'étage. Je jette un coup d'œil du côté de la cuisine. Pas de Jean. La sauce mijote à gros coups de blop ! blop ! Seule. Comme une grande.

Je me retourne. Le fils retient la porte. Nous voici devenus Guenièvre et Lancelot. Dehors, la cour au grand complet tape des mains. De grands rires de baleines. Des cris de dauphins. Arthur enlace la Reine. Ça me fait du bien. L'homme nu s'est transformé au centre de l'arène en Manneken-Pis. Il n'urine pas. Il fait semblant. Tout le monde s'amuse. Sauf Jean qui affiche un air shakespearien d'homme noble sur la passerelle de son propre château. La fille joue de la jupe longue et des sandales de plages. Elle barbote. Elle bouge les bras. Danseuse hawaïenne. Monte sur une chaise. Devient sirène. Elle serine les voyages d'Ulysse. Le gazon ivre est un bateau rempli de grives. Je suis Ulysse et je m'attache au mât. Au bras de Jean que je viens de rejoindre.

Appelons cet instant celui de la nécessité.

Les petits fours circulent dans les plats qu'attrape et offre la princesse qui a cessé de chanter. Je refuse poliment. Je feins ne pas avoir faim. J'ai faim de Jean. De lui. De nous. De ses baisers. De ma vie dans sa nuit. De l'Italie. De parler italien. Du vin. D'un nid de pâtes dans lequel nous serions couchés. D'un lit nappé de sauce. De la tour de Pise penchée sur nous. Du Vatican et d'un homme en blanc. Des Italiens sensuels et odorants.

L'homme nu a enfilé un pantalon. Puis une chemise. Ça crie encore. Ça applaudit. Le fils reste là. À. Me. Regarder. Je baisse les yeux. Quelques personnes se sont mises à danser. Le temps valse. S'assombrit. Le ciel change. S'*engrise*. La fille s'est collée au Manneken-Pis qui achève de se rhabiller. Elle le raccompagne et scelle ce départ d'un *French*-baiser, de bras enlacés, de bébés chiens calmés. Peut-être partira-t-elle aussi. Avec lui. Pour l'aimer loin d'ici ?

Elle revient. Il est parti travailler. Il reviendra tard cette nuit. C'est elle qui le dit à la Reine et à Arthur. Il reviendra se coucher dans son lit, disent les yeux d'Arthur et de la Reine. Et il nous réveillera dans la nuit, crient les bébés chiens que j'avais oubliés. La fille frissonne et court se vêtir. Enfin.

Nous nous déplaçons vers le château. Je n'arrive plus à comprendre qui reste et qui part. Il reste les ambassadeurs de France, Arthur, la Reine, le fils, la fille, Jean et moi. Jean m'a quittée. Pour la cuisine. Rapidement. Vérifier la sauce. Parce que la fille a crié ça va coller !

Nous voici assis dans la salle à manger. Les apéros sont revenus se poser devant nous. Jean est dans la cuisine. Dans mon dos, j'entends la fille. Elle aussi est dans la cuisine. La Reine est assise. Elle est belle. Je sais qu'elle sait que je sais, que Jean et elle ont couché ensemble. Elle cherche à me lire pour vérifier si. Je sais. Elle le fait. Je garde les yeux fixes. Sans broncher. Je suis une image vague. Une nuit de Sisley, un banc de brume, de soleil, de nuit, de nuage, de pluie. Les couleurs tombent. Mon image s'aiguise. Je suis abstraite, nette et découpée. Une demoiselle d'Avignon debout sur un champignon. Elle peut m'interpréter dans tous les sens. Mon visage blanc sous la palette de Borduas pourrait dire je sais. Mon visage blanc sous la palette de Lemieux ou de Gingras pourrait dire je ne sais pas. Comme je n'ai pas l'air de m'inquiéter. Je sais qu'elle opte pour je sais.

Le fils s'assoit à ma gauche. Les ambassadeurs à chaque bout de la table. Il reste trois chaises. Deux à gauche de la Reine. Une à ma droite.

Les ambassadeurs n'en reviennent pas de l'odeur de la sauce qui leur rappelle celle que faisait leur vieille nounou d'Italie. Une nounou qui faisait tout. Les pâtes comme la sauce. Je sens que Jean sera content.

La Reine n'arrête plus de me regarder. Elle lève le ton. Et parle du stage où elle et Jean ont collaboré durant tout un été. Ça fait beaucoup de nuits, un été. Beaucoup de sentiers. De boisés. De roses à caresser. De baisers. De tendresse. Je n'arrive plus à me souvenir si Jean m'a dit combien de fois ils se sont aimés. Dans les bois. Sous la tente. Dans le lit. Je ne lui ai pas demandé. Elle laisse planer tous les doutes. Pimente bien sûr les anecdotes de travail. Les longues journées. Les stagiaires énervés. Raconte. Raconte. Tout. Tout. Tout. Sauf les baisers. L'amour. Et les mots doux. Elle aimait qu'il l'appelle mon lapin et elle adorait l'appeler mon coco d'osier. C'était l'amour fou partout, même au-dessus des rosiers où leur image sur la photo a été croquée pour l'éternité.

Arthur s'assoit à côté de moi. Jean devra s'asseoir de l'autre côté de la table. Me voilà à l'étroit. Le fils et Arthur deviennent mes deux murs. Mes forteresses. Mes châteaux et mes chevaliers. La Reine m'adresse un sourire dix-neuvième siècle. Ça sent le piège à loup. Les vautours ? Serai-je jetée en pâture ? Aux crocodiles ? Ou croquée par les ambassadeurs devenus débiles ?

Appelons ce moment l'instant d'égarement.

La fille distribue les assiettes de pâtes. Jean arrive derrière avec la pleine casserole de sauce qu'il dépose au centre de la table. La Reine verse les louchées de sauce. Des mains se tendent vers les tranches de baguette française. Le beurre un peu mou s'étend sur les mies comme sur de petits ventres blancs. Je fais tout plus lentement. Je me filme au ralenti. Plan américain de Jean. Plan rapproché des deux chaises vacantes. Plan d'ensemble. La Reine, les deux chaises et la fille. Action. La fille prend la place de droite. Jean s'assoit au centre. Le voilà coincé entre la fille et la Reine. En face de moi. Et moi de plus en plus tassée entre le fils et Arthur. Et si je me mettais à crier. Coupez !

Arthur pousse sa cuisse et son genou contre ma cuisse et mon genou. Et parce qu'un malheur ne vient jamais seul, les doigts du fils s'élancent tels des lassos. Je n'arrive plus à penser. Ma tête s'allège. Je deviens un dirigeable. Un Hindenburg géant qui s'élève au-dessous de la table, qui s'envole dans le ciel. Qui transporte des dizaines de passagers dans son ventre. Dans l'air. Survolant la Terre.

Appelons ce moment l'instant d'élévation.

D'en haut, les pâtes deviennent des racines de bambou et la sauce, un vaste marais de boue ou de sables mouvants. Les mains, les doigts, les corps plus bas, s'endorment. Ils ont tous mangé une pomme empoisonnée. Hi ! hi ! hi ! La sorcière est passée. Nous reviendrons plus tard. Dans des millions d'années, récupérer vos cadavres fossilisés.

Les genoux du fils et ceux d'Arthur enserrent les miens. Plus serrés. Plus fermés. Petites mâchoires. Je serre tant que je peux. Et puis non. Je relâche. Qu'ils touchent ce qu'ils veulent. En dessous de la table. Qu'ils poussent, qu'ils serrent. Qu'ils glissent leur main libre sous la nappe. Qu'ils caressent. Je relâche les genoux. Les ouvre même. J'attends les mains. Celle du fils qui s'attarde sur mon genou. Il caresse la peau. Mes yeux soutiennent tous les regards. Ma bouche sourit. Mes mots, comme des oiseaux rares, *flacotent* de l'aile. Les mains. Père-fils, les mains. Arthur-fils, les mains. Ne savent pas. Ne sauront peut-être jamais qu'elles ont, les mains, en même temps cherché le même secret.

Mes lèvres s'entrouvrent sur le vin. Se collent aux parois de la coupe. Les ambassadeurs sont soûls. Elle cocoricocotte. Il fait Pit ! pit ! pit ! La Reine a entrelacé ses doigts à ceux de la main libre d'Arthur. Arthur est son roi. Elle est sa Reine. Les yeux d'Arthur sont des médailles d'honneur. Ses yeux de Reine sont des camés de tendresse. La fille fredonne un air d'opéra. Jean fait les basses. Les poum-poum. Les cymbales. Les triangles et les sanglots de violon. Le fils ne dit mot. Ne regarde rien. Ni personne. Ses yeux sont fixés sur la nappe. Son front est blanc d'audace. Sous la table, ses doigts frémissants dessinent des papillons sur ma peau. De sa main libre, il porte une coupe de vin à ses lèvres.

Je ferme les yeux un moment. Les mains baladeuses sont à fleur de ma peau. Celle d'Arthur voyage très haut près de la cuisse. Celle du fils hésite comme un baiser volé. Mes cuisses ne se désistent pas. Mon cou se tend. Je suis une terre d'exil, une île d'où les mains, en quête de trésor se retirent.

Le fils met de la musique. Arthur me prend le poignet. Je regarde sa main sur mon poignet. C'est *la* main. La main qui voyageait sous la nappe. Je me lève, résiste un peu et relâche à nouveau. Danser. Un peu. Pourquoi pas. Au lieu. De sécher. Comme peau sans âme.

Les ambassadeurs claquent des mains. L'odeur des tomates est partout. Dans la pièce. Dans le cou d'Arthur. Sur ses lèvres. Au bout de mes pieds. Nous dansons. Dansons. Sans rien d'autre que le rythme entre nous. Sans rien d'autre que nos rires fous. Nous dansons sans qu'il n'essaie de glisser ses mains où que ce soit. Nous dansons librement. Loin du vent qui se lève. Des assiettes désertes. De la nuit qui avale peu à peu nos ombres au plafond.

Nous quitterons. Tôt ou tard. Au petit matin. Les lèvres scellées. Des secrets plein les doigts. L'odeur humide des herbes sous nos bras. Des fougères dans nos cous. Le son des feuillages frôlés sur nos joues. Il y aura des routes et des routes de fatigue. Des yeux et des yeux fermés pour moi. Des kilomètres d'yeux rivés sur la route pour Jean.

Nous compterons jusqu'à trois. Et je saurai, même dans un million d'années, que Barbe-Bleue ne m'a pas étranglée.

J'habite une île où des mains sont venues quêter asile. Une terre étrangère où je traverse sans cesse les merveilles et les miroirs. Mon nom est Alice. Dans mon pays, je suis roi et reine. Et. Si, si, si. Parlo italiano.

Appelons ce moment le sourire de Mona Lisa.

POEMS FROM

FEMME AU PROFIL D'ARBRE

ANNICK PERROT-BISHOP

translated from French by / traduit du français par
Neil B. Bishop

My foliage, its rain-swollen breath. Its voice of colour-tipsy seasons. Words overflowing in the gush of time. At night, I seek my reflection in dark earth, and my double awakens, hoarse and naked. Plunges into the maze of memory: giant tentacles, gleaming snakes that collide with suffering mud. Where the storm sears the eyes. The panicking waters redden. Haggard thoughts drown.

Mon feuillage au souffle de pluie. À la voix des saisons ivres. Paroles qui débordent à la saillie des heures. La nuit, je me mire dans l'obscurité de la terre, et mon double s'éveille, rauque et nu. S'enfonce en dédale de mémoire : tentacules géants, luisantes couleuvres qui se heurtent à la souffrance de la boue. Là, où la tempête brûle les yeux. L'eau s'affole de rouge. Les pensées se noient, hagardes.

When the moment is shattered by a sheaf of blackness, with all my strength I implore the ancient woman. The forgotten creature, her fangs. Her dark fur. Her paws clawing the fetid breath of anguish. A raised fist throbs in her heart swollen like a gourd. Deep within the caves, I can hear, almost inaudible, weakened by time, her voice: water whisperings, glidings of soul-scraping stones. Her heavy feet take root with each step. Make my flesh, too long separated from her, tremble.

Lorsque l'instant se brise d'un épi de noirceur, de toutes mes forces j'implore la femme millénaire. Ses crocs de bête oubliée. Sa fourrure obscure. Ses pattes griffant l'haleine fétide de l'angoisse. Son cœur gonflé comme une outre où palpite un poing levé. Au fond des cavernes, presque inaudible, affaiblie par le temps, j'entends sa voix : chuchotis d'eau, glissements de pierres qui m'égratignent l'âme. Ses lourds pieds s'enracinent à chaque pas. Font trembler ma chair trop longtemps séparée d'elle.

He is coming on the fringe of dawn. Towards me, where water quivers in caresses. In wounds. In ecstatic expectation. I approach to dwell in his eyes, his mouth, his maple arms. And the shared root of our days awakens. Murmurings beneath his hands: blood-red, salt-flavoured leaves. His memory glides its root deep within me. Like a shout-splattered garden.

Il avance à la frange de l'aube. Vers moi où l'eau frémit en caresses. En blessures. En jubilation d'attentes. Je m'approche pour habiter ses yeux, sa bouche, ses bras d'érable. Et la racine commune de nos jours s'éveille. Bruissement sous ses mains, feuilles sanguines au goût de sel. Son souvenir se plante en moi. Comme un jardin éclaboussé de cris.

TEA TIME

SYLVIE MASSICOTTE

translated from French by / traduit du français par
Maureen Ranson

I RUN FROM MORNING TILL NIGHT, sometimes even *at* night. Antoine clings to my fake fur collar crying "Mama!" as if that could stop me. My cellphone rings, and his teddy bear falls in the dirty snow. Mama . . .

You pour tea with a trembling hand, from the same teapot since my childhood. Steam rises from the tea, and I breathe, Mama. Only at your house can I breathe like that. Only at your house do I hold my breath, too, sometimes, to avoid saying things, because you don't understand everything or you understand too much. This afternoon, you're the one who wants me to understand. I check my watch. I don't have much time. Antoine's daycare closes soon . . .

At least I came, Mama. I cancelled two meetings. You should be pleased, but you're not. You frown as you hand me a steaming cup, Papa's cup, did you notice? Or you have forgotten. You say it's cold out today, colder than yesterday. Where are you going with that? I'm in a hurry, you know. Aren't you going to play bingo this afternoon? You shake your head. You wanted to see me. I came. And you'll be going with your friends later? You shake your head again, no. You're stubborn, Mama. You are, too. We understand each other, on that score. We tolerate one another, on that score, hard-headed look-alikes.

While you go get the sugar, I check my voicemail. "You're punching buttons again . . ." you mutter anxiously to yourself, coming back to the table with the old sugar bowl that's still holding up after all these years. Holding up. Yes, I'm punching buttons again . . . "All you young people do is punch buttons, that's for sure!" you add. I don't protest. I sneak a discreet glance at the remote control, the huge TV set in colonial-style furniture, the microwave oven and all the rest. You can't get away from it, Mama; you punch buttons, too. But I don't say it. If I did, we'd never be done, and I have to go, anyway, out in the cold, colder than yesterday.

You ask me to be careful not to burn myself, but I drink a few mouthfuls of boiling hot tea anyway, because soon, right now really, I have to go. I check my watch again. You pretend not to notice. I stress the point, "The daycare . . . Antoine must be starting to ask for me."

"Doesn't he ask for his father sometimes?"

"It's not his week, Mama . . ."

I wonder what you want. Say it, quickly. Quickly. Although everything is slowing down for you, your movements, your pace, your time, your season, do it quickly for once!

"It's colder than yesterday," you repeat. "It's snowing again. The streets must be slippery."

"You're right. And it will take longer to get to the daycare."

I'm already imagining the streets, the traffic lights. I can hear the horns, Antoine howling my name, hurling his teddy bear at the feet of an exhausted childcare worker.

"Mama . . . I have to go."

"Wait a minute! Take the time . . ."

Take the time . . . Only you would say something like that. In spite of myself, I repeat "Take the time . . ."

"What? Don't you say that anymore?"

"We don't *do* that anymore."

The tea lulled me into feeling safe. Now you're going to surprise me, shock me, hurt me. I know it. I know I didn't come here for nothing, in the middle of the afternoon, at tea time, the time when you usually play bingo, a time when I should be working. I didn't come here for nothing. You're going to tell me you went to the doctor, you have only a few months left. Tell me what he told you, crush me, right here, right now. Don't wait any longer! I'm in a hurry. Still, I would take a few seconds to react, absorb the shock, feel . . . too . . . sick, get hold of myself, get to the car, get back to Antoine. Mama, say it! Here, I'll help, "You saw your doctor?"

You're surprised, "Do you think I look sick? You're the one who looks a little pale. You work too hard. You're running all the time . . ."

The doctor, what an idea! Fine then. All the better if it's not that. But since when do you want to see me during the week, right in the middle of the afternoon? Surely, it's not just a whim on your part. You're not going to start that. You're not going to start with the annoying habits of possessive mothers, who want to take up our time . . . Take the time . . . that's exactly what you said. You're not going to start stealing mine, on top of birthdays, Christmas, Sundays. You're not going to start that, Mama. Although I would dearly love to take a break sometimes, wrap myself up in your big mohair shawl on the couch while you snore in the next room, start playing with paper dolls again, on the rug, in the silence, making the characters talk, whispering, running to wake you when your snoring gets too much like nasty ogres growling. I'd like to start again sometimes, playing games, paper dolls and Barbies, but no. Now, it's not you every day. Now, it's Antoine every day. It's Antoine's turn to growl, with toys transforming from geometrically shaped objects into the increasingly strange characters he's begun to like.

"Antoine, Mama, I have to go."

"I had an idea . . ." you start, finally.

Your ideas are sometimes so good, Mama. But since you've been alone, you've had some funny ones, like changing your last will and testament every month, looking for a tiny apartment when you want to get rid of the dead wood, as you say, the sugarbowl, the teapot, the few cups still here. Fortunately, you're still here. It's true, I never take the time to tell you that. I never take the time to admit how grateful I am you're still here. "Stay here," I breathe, with a kiss in the middle of the frown on your forehead that disappears instantly under my lips. You wanted some affection, Mama, that's all. But, what were you saying about your idea?

You let it out, "I won at super-bingo."

"Is that what you wanted to tell me?"

"So, I had an idea . . ."

You go over to the huge buffet where you set up all the photographs of Antoine beside your wedding picture and the graduation picture where my face looks so young. You come back, holding out a folder to me that has a sun printed in the right corner, a sun like the suns Antoine often draws.

I open it. I touch the airline ticket. Are you going away, Mama? No, you're staying here. You pick up my cup. You talk about a country where people take the time to live. You thought I could go there, me . . .

You move away with the empty cups. Your voice reaches me, decisive, almost authoritarian, “I’ll take care of Antoine.”

L'HEURE DU THÉ

SYLVIE MASSICOTTE

JE COURS, DU MATIN AU SOIR et parfois même la nuit. Antoine s'accroche à mon col de fourrure synthétique, il crie « maman ! » comme si cela pouvait m'arrêter. Et mon portable qui sonne, et l'ourson qui tombe dans la neige sale. Maman…

Tu verses le thé d'un geste qui tremble. La même théière depuis mon enfance. Le thé qui fume, maman, je respire. Il n'y a que chez toi où je peux prendre de telles inspirations, il n'y a que chez toi où je bloque aussi la respiration plutôt que d'affirmer quelque chose, parfois, parce que tu ne comprends pas tout ou que tu comprends trop. Cet après-midi, tu voudrais bien que ce soit moi qui comprenne. Je consulte ma montre. Je n'ai pas beaucoup de temps. Antoine, la garderie qui va bientôt fermer…

Déjà que je suis venue, maman, que j'ai annulé deux rendez-vous, tu devrais te réjouir, mais tu ne te réjouis pas. Tu plisses le front en me tendant une tasse fumante. Celle de papa, l'as-tu remarqué ? Ou tu as oublié… Tu dis qu'il fait froid aujourd'hui, plus froid qu'hier, où veux-tu en venir ? Je suis pressée, tu sais. Tu ne joues pas au bingo, cet après-midi ? Tu hoches la tête. Tu voulais me voir. Je suis venue. Et tu iras avec tes amies, après ? Tu fais encore non de la tête. Têtue, maman. Toi aussi. Là-dessus, on se comprend. On se tolère. Là-dessus. Nos têtes dures qui se ressemblent.

Pendant que tu vas chercher le sucre, j'interroge ma boîte vocale. « Tu pitonnes encore… », marmonnes-tu en revenant à table avec le vieux sucrier qui tient le coup, malgré les ans. Tenir le coup. Oui, je pitonne encore… « Vous pitonnez vrai, les jeunes, vous ne faites que ça ! » ajoutes-tu. Je ne proteste pas. Discrètement, je jette un œil sur ta télécommande, puis sur la grosse télé encastrée dans ton meuble de style colonial. Le four micro-ondes et le reste, tu n'y échappes pas, maman, tu pitonnes, toi aussi, mais je ne le dis pas. Sinon, on n'en sortirait plus et il faut d'ailleurs que je sorte. Dehors. Dans le plus froid qu'hier.

Tu me demandes de faire attention de ne pas me brûler, mais j'avale quand même quelques gorgées de thé bouillant parce que, bientôt, enfin là, tout de suite, je devrais m'en aller. Je consulte ma montre, encore. Tu feins de ne pas remarquer. J'insiste : « La garderie… Antoine doit commencer à me réclamer.

– Il ne réclame pas son père, des fois ?

– Ce n'est pas sa semaine, maman… »

Je me demande ce que tu veux. Dis-le vite. Vite. Même si tout est plus lent pour toi. Tes gestes, ton débit, ton temps à toi, ta saison. Fais vite, pour une fois !

« C'est plus froid qu'hier, répètes-tu. Il neige encore. Les rues doivent être glissantes.

– Tu as raison. Et ce sera plus long avant d'arriver à la garderie. »

J'imagine déjà les rues, les feux, j'entends les klaxons. Antoine qui hurle mon nom en lançant son toutou aux pieds d'une éducatrice fatiguée.

« Maman… Il faut que je parte.

– Attends un peu ! Prends le temps. »

Prendre le temps… Il n'y a que toi pour dire une chose pareille. Je répète malgré moi : « Prendre le temps…

– Quoi ? Vous ne dites plus ça ?

– On ne *fait* plus ça. »

Le thé m'a mise en confiance, tu vas maintenant me surprendre, me saisir, me blesser, je sais, je sais que je ne suis pas venue pour rien, en plein après-midi, à l'heure du thé, à l'heure où d'habitude tu joues au bingo et à l'heure où j'aurais dû travailler. Je ne suis pas venue pour rien, tu vas m'annoncer que tu as vu le médecin, que tu n'en as plus que pour quelques mois, raconte-moi ce qu'il t'a dit, brise-moi tout de suite, n'attends plus ! Je suis pressée, mais j'aurais encore quelques secondes pour réagir, absorber le choc, le trop, éprouver le malaise et me ressaisir, me rendre à l'auto, rejoindre Antoine. Maman, dis-le ! Tiens, je vais t'aider : « Tu as vu ton médecin ? »

Tu t'étonnes : « Tu trouves que j'ai l'air malade ? C'est plutôt toi qui es un peu pâle. Tu travailles trop. Tu cours tout le temps… »

Le médecin, quelle idée ! Bon. Tant mieux s'il ne s'agit pas de cela. Mais depuis quand souhaites-tu me voir en semaine, en plein après-midi ? Ce n'est quand même pas une fantaisie de ta part. Tu ne commenceras pas cela. Tu ne commenceras pas ces manies de mères possessives qui veulent nous prendre le temps. Prendre le temps… c'est bien ce que tu as dit. Tu ne vas pas commencer à voler le mien en dehors des anniversaires, des Noël et des dimanches. Tu ne vas pas commencer cela, maman, même si je voudrais bien prendre une pause, parfois, m'envelopper dans ton grand châle de mohair sur le canapé pendant que tu ronflerais dans la pièce à côté. Recommencer à jouer aux poupées de papier sur le tapis, dans le silence, faire parler les personnages en chuchotant et courir te réveiller quand tes ronflements ressembleraient trop à des grognements d'ogres méchants. Je voudrais parfois recommencer, les jeux, les poupées de papier et les Barbies, puis non. Pas toi tous les jours. Maintenant, c'est Antoine tous les jours. Antoine qui grogne, à son tour, avec ses jouets qui se métamorphosent, ces objets aux formes géométriques, ces personnages de plus en plus bizarres qu'il commence à affectionner.

« Antoine, maman. Il faut que j'aille.

– J'ai eu une idée… », commences-tu enfin.

Tes idées, maman, quelquefois elles sont si bonnes. Mais depuis que tu es seule, tu en as de drôles. Le testament que tu changes tous les mois. L'appartement minuscule que tu cherches quand tu as envie d'élaguer, comme tu dis, le sucrier, la théière, les quelques tasses qui restent, heureusement, tu restes. Je ne prends jamais le temps de te le dire, c'est vrai, je ne prends jamais le temps de t'avouer que j'apprécie que tu restes. « Reste encore », je souffle, en déposant un baiser au milieu de ton pli sur le front qui disparaît aussitôt sous mes lèvres. Tu voulais de la tendresse, maman, c'est tout. Mais ton idée, à propos ?

« J'ai gagné au super-bingo, lâches-tu.

– C'est ce que tu voulais m'annoncer ?

– Et puis j'ai eu une idée… »

Tu te diriges vers le grand buffet où tu as posé toutes les photos d'Antoine à côté de celles de ton mariage et de ma tête de jeune diplômée, puis tu reviens avec une pochette cartonnée que tu me tends. Un soleil imprimé dans le coin droit, un soleil comme Antoine en dessine souvent.

J'ouvre. Je palpe le billet d'avion. Tu vas t'en aller, maman ? Non… Tu restes. Et en ramassant ma tasse, tu parles d'un pays où les gens prennent le temps de vivre. Tu as pensé que je pourrais y aller, moi…

Tu t'éloignes avec les tasses vides. Ta voix me parvient, décidée, presque autoritaire : « Je garderai Antoine. »

A MOTHER UP IN ARMS

CAROLE DAVID

translated from French by / traduit du français par
Nora Alleyn

MY DEAREST ANGEL,

They'll say I'm trying to be like Machine-Gun Molly because they don't know anything about poverty and shame. Sure, I've stolen little things in my day, but I've never carried a gun. Remember all the chocolates, and the marbles that came in a red net, and the packages of chewing gum, and the Flintstone vitamins that I would lift from the shelves of the drugstore that was lit up all day and all night? I'd hide those little surprises in your coat pockets. A three-year-old thinks the whole store is his; he recreates the universe in his pockets; he owes nothing to nobody.

Back in our three-room apartment, we'd look over our spoils together. I was teaching you war; you didn't know it. A strange kind of war, a war of survival.

Your father never wanted to pay for the essentials or the extras. And that, my angel, leads to crime.

At night, I would shut myself up in the bathroom while you were sleeping. I was thinking about our future: food, rent and milk money, a lot of milk, but not just any old kind.

"Similac or Enfalac," the pediatrician had said, "Your boy is light as a feather. You should have stopped smoking during your pregnancy."

Similac is hard to steal, but I learned fast. It was just like before you were born, when I would steal twenty-six-ouncers of gin and vodka for your father. A pregnant woman is above suspicion. But despite the special feedings, you remained puny.

And then your father left us.

"I can't take care of your needs. The baby takes up too much room," he complained.

I thought your future was guaranteed by the magic milk. So I stopped concentrating on my own future in order to concentrate on yours. You had just turned four; it was my second suicide attempt in the bathroom. After almost losing you, I no longer felt like tempting fate. I wanted you tall, strong, respected by everyone, the owner of a pretty house in the suburbs or in one of Montreal's rich neighbourhoods. I promised you I would throw away my razor blades, I would do nothing to separate us, but nothing happens as planned. In your third year of high school, you confessed that you had dropped out of school a while ago. You were spending your days at Chez Léo, the convenience store, or in the arcades filling up on dreams.

At twenty, you clean carpets for paltry pay. That's why I want you to wait for me in the parking lot of the gas station in the car I rented on Lajeunesse for a ridiculous price. We'll have a beautiful Christmas with the money. You won't have to work overtime, no more motel rugs to clean. We'll go to Florida, we'll buy a video, a DVD player; if we need money when we get back, we'll just sell them at the bar or a pawn shop.

Wait for me in the car. I have everything we need: the weapon and a balaclava are on the kitchen table in front of me. For the last time, I point the gun to my head because I want to feel death close up like before with the razor blades on my wrists. But I don't want to kill anyone. I only want the people at the convenience store to show some respect. My doctor renewed my prescription for Ativan. You'll have to take some too if you want to get through it. But no coke, please no coke. Swear to me you won't take any.

Tomorrow morning we'll do our first rehearsal so you can check out the exits in case it turns out badly. Trust me, everything will be fine. Just imagine that you are waiting for me quietly outside the bathroom door.

When I'm inside, watch what's happening in the rear-view mirror. Nobody should see your face. As soon as I come out of the store, concentrate on the steering wheel, don't wait until I shut the door. Get going, fast, head straight for the highway. Turn up the radio, heavy metal, anything.

Learn the routine by heart. Remember it. Our life depends on every second. It's no longer "no future" like you often say to me. There'll still be times when we'll remake the world. Remember the big bright drugstore with its instant happiness?

As soon as we get home, I'll put the money in metal boxes; I'll get rid of the gun. Around five, you'll drop by the bar to buy a gram of coke. If your pusher asks you questions, just say that you cleaned the carpets of every motel on the South Shore.

*

When they shot the Italian woman, I must have been eleven or twelve. Her picture used to haunt me even in my dreams. I saw my own face in her distorted features. Her photo was on the front-page. She was lying in a pool of blood, her skirt pulled up over her thighs. She had a son at the time of the tragedy. Apparently, he has followed in his mother's footsteps.

My angel, did you ever wonder who you might be if you had been born somewhere else?

MÈRE À MAIN ARMÉE

CAROLE DAVID

MON ANGE,

Ils diront que je suis une émule de Monica-la-mitraille, car ils ne savent rien sur la pauvreté et la honte. J'ai volé de petites choses, mais je n'ai jamais porté d'arme. Souviens-toi : des chocolats, des billes dans un filet rouge, des paquets de gomme à mâcher, parfois des vitamines Flintstones que je prenais dans les comptoirs de cette grande pharmacie illuminée nuit et jour. Je cachais ces surprises dans les poches de ton manteau. Un enfant de trois ans pense que le monde de la pharmacie lui appartient ; il recrée l'univers dans ses poches ; il ne doit rien à personne.

Dans notre trois pièces, nous découvrions ensemble notre butin. Je t'apprenais la guerre ; tu ne le savais pas. Une drôle de guerre, celle de la survie.

Ton père n'a jamais voulu payer ni l'essentiel ni le superflu. Ça pousse au crime.

La nuit je m'enfermais dans la salle de bains pendant que tu dormais. Je pensais à notre avenir : de la nourriture, de l'argent pour le loyer et du lait, beaucoup de lait, pas n'importe lequel.

« Du Similac ou de l'Enfalac, avait dit la pédiatre, votre garçon est un poids plume. Vous deviez arrêter de fumer pendant votre grossesse. »

Du Similac, c'est difficile à voler, mais j'ai appris vite. Déjà, juste avant ta naissance, je volais des vingt-six onces de gin et de vodka pour ton père. Une femme enceinte est au-dessus de tout soupçon. Malgré ces biberons de lait spécial, tu es resté chétif.

Puis ton père nous a quittés.

« Je n'arrive pas à satisfaire vos besoins. Le petit prend trop de place », se plaignait-il.

Je croyais ton avenir assuré grâce au lait magique. Alors, j'ai cessé d'imaginer ce que serait le mien pour me concentrer sur le tien. Tu venais d'avoir quatre ans ; j'en étais à ma deuxième tentative de suicide dans la salle de bains. Après avoir manqué de te perdre, je n'avais plus envie de tricher avec le destin. Je te voulais grand, fort, respecté de tous, propriétaire d'une jolie maison en banlieue ou dans un de ces quartiers riches de Montréal. Je t'avais promis de jeter toutes ces lames, de ne plus rien tenter qui puisse nous séparer l'un de l'autre, mais rien ne s'est déroulé comme prévu. En secondaire trois, tu m'as avoué ne plus fréquenter l'école depuis un certain temps. Tu passais tes journées Chez Léo, le dépanneur du coin, ou bien dans les arcades à te nourrir de chimères.

À vingt ans, tu nettoyais des tapis pour un salaire minable. C'est pourquoi je te demande de m'attendre dans le stationnement de cette station-service dans l'auto que j'ai louée sur Lajeunesse pour un prix ridicule. Nous aurons un beau Noël avec cet argent. Tu n'auras pas d'heures supplémentaires à faire, pas de tapis de motel à nettoyer. Nous irons en Floride, nous achèterons un vidéo, un lecteur laser ; si nous manquons d'argent à notre retour, nous les revendrons à la brasserie ou au prêteur sur gages.

Tu m'attendras dans l'auto. J'ai préparé ce qu'il faut : l'arme et la cagoule sont devant moi sur la table de la cuisine. Je pointe une dernière fois le revolver sur mes tempes pour sentir de près la mort comme avant avec les lames sur mes poignets. Je n'ai pas l'intention de tuer qui que ce soit. Je veux seulement que les gens du dépanneur me prennent au sérieux. Mon médecin a renouvelé ma prescription d'Ativan. Il faudra que tu en prennes toi aussi si tu veux tenir le coup. Pas de coke, surtout pas. Jure-moi.

Demain matin, nous ferons une première répétition pour que tu puisses repérer les issues si cela venait à mal tourner. Fais-moi confiance, tout se passera bien. Imagine-toi que tu m'attends sagement devant la porte de la salle de bains.

Pendant que je suis à l'intérieur, tu observes la scène de ton rétroviseur. Personne ne doit voir ton visage. Dès que je sors du dépanneur, tu te concentres sur le volant, n'attends pas que j'aie refermé la portière. Vas-y, fonce, envole-toi vers l'autoroute. Tu mets la radio bien fort, du Metallica, quelque chose du genre.

Apprends cette histoire par cœur dans ta tête. Ne l'oublie pas. Chaque minute décidera de notre vie. Ce n'est pas *no future* comme tu me dis souvent. Il y aura encore de ces moments où nous referons le monde. Rappelle-toi la grande pharmacie illuminée avec ses bonheurs instantanés.

Dès notre arrivée à la maison, je mettrai l'argent dans des boîtes métalliques ; je me débarrasserai du revolver. Vers cinq heures, tu feras ton tour à la brasserie pour acheter un gramme de coke. Si ton dealer te questionne, tu diras que t'as nettoyé les tapis de tous les motels de la Rive-Sud.

*

Quand ils ont descendu l'Italienne, je devais avoir onze ou douze ans. Son image m'a poursuivie jusque dans mes rêves. Sous ce visage déformé, j'apercevais mon propre visage. Sur la photo, à la une du journal, elle gisait dans une mare de sang, la jupe relevée sur les cuisses. Elle avait un fils au moment du drame. Il paraît qu'il a suivi les traces de sa mère.

Mon ange, n'as-tu jamais pensé à ce que tu serais si tu étais né ailleurs ?

SANDRA LEE SCHEUER

GARY GEDDES

translated into Portuguese by / traduit en portugais
par paulo da costa

(Assassinada na Universidade do Estado de Kent, a 4 de Maio de 1970,
pela Guarda Nacional de Ohio)

Poderias tê-la encontrado num sábado à noite
a talhar círculos exactos, pela esquerda, no rinque de patinagem
Moon-Glo, ou a caminhar apressada

entre a cidade universitária e a casa verde de dois andares,
onde o quarto estava sempre arrumado, a cama feita,
os livros a confraternizar nas estantes.

Ela não arremessou pedras, estudava filosofia
ou incendiou edifícios, embora os seus conhecidos afirmem
que ela detestava guerra, tinha ouvido falar do Camboja.

Na realidade ela usava um nadinha de maquilhagem, soutien,
e poderia, sem dúvida, mais facilmente ter casado com um dos
guardas
do que amaldiçoá-lo ou colocar-lhe uma flor no cano da carabina.

Enquanto os arsenais de armas ardiam ela estudava,
debruçada sobre apontamentos, livros de terapia linguística,
páginas
abertas nos capítulos sobre debilitações, fisiologia.

E enquanto estudantes se congregavam e protestavam nos espaços
públicos
ela ajudava um rapaz de pronúncia ceceada chamado Billy, dizendo
Sibila, Billy, como uma cobra. Isso mesmo, SSSSSSS,

a língua bem erguida e por trás dos dentes.
Agora zumbe, Billy, como uma abelha. Sentes o ar
a vibrar na minha corda vocal quando respiro?

Quando ela atravessava o parque de estacionamento sob o sol
do meio-dia, sentindo o mundo um lugar fugaz e encantador,
um jovem guarda, de olho nela,

ajoelhava-se como se fosse propor.
A sua declaração, sem equívocos, nítida,
floresceu dentro dela, atravessou-lhe o pescoço,

cortou-lhe a traqueia, roubando-lhe o ar.
Agora quem vai queimar as pestanas ao lado do Billy,
assegurar a liberdade ténue do seu discurso?

E quem a verá patinar no rinque de patinagem
do Moon-Glo, as oito pequenas rodas de madeira
em infinitas revoluções pelo soalho?

SANDRA LEE SCHEUER

GARY GEDDES

(Killed at Kent State University on May 4, 1970, by the Ohio National Guard)

You might have met her on a Saturday night
cutting precise circles, clockwise, at the Moon-Glo
Roller Rink, or walking with a quick step

between the campus and the green two-storey house,
where the room was always tidy, the bed made,
the books in confraternity on the shelves.

She did not throw stones, major in philosophy
or set fire to buildings, though acquaintances say
she hated war, had heard of Cambodia.

In truth she wore a modicum of makeup, a brassiere,
and could, no doubt, more easily have married a guardsman
than cursed or put a flower in his rifle barrel.

While the armouries burned she studied,
bent low over notes, speech therapy books, pages
open at sections on impairment, physiology.

And while they milled and shouted on the commons
she helped a boy named Billy with his lisp, saying
Hiss, Billy, like a snake. That's it, SSSSSSS,

tongue well up and back behind your teeth.
Now buzz, Billy, like a bee. Feel the air
vibrating in my windpipe as I breathe?

As she walked in sunlight through the parking lot
at noon, feeling the world a passing lovely place,
a young guardsman, who had his sights on her,

was going down on one knee as if he might propose.
His declaration, unmistakable, articulate,
flowered within her, passed through her neck,

severed her trachea, taking her breath away.
Now who will burn the midnight oil for Billy,
ensure the perilous freedom of his speech?

And who will see her skating at the Moon-Glo
Roller Rink, the eight small wooden wheels
making their countless revolutions on the floor?

BELEZA

PATRICK LANE

translated into Portuguese by / traduit en portugais
par paulo da costa

Outrora eras bela
mas de tal já não te recordas
o que te torna ainda mais bela.
As mulheres mais belas são aquelas
que disso não sabem. São elas a razão
pela qual os homens se deitam ao seu lado no rigoroso respeito
da sua graça, desejando pertencer a tal desconhecimento.

BEAUTY

PATRICK LANE

Once you knew you were beautiful
but you don't know that anymore
which makes you even more beautiful.
The most beautiful women are the ones
who don't know. They are why
men lie down beside them in the strict observance
of grace, wanting to be part of such forgetting.

INVERNO 18

PATRICK LANE

translated into Portuguese by / traduit en portugais
par paulo da costa

Nua no quarto vazio
a jovem oferece-se. Tal insinuação impossível,
tal dança desesperada, tão inadequada
só inocência para lhe oferecer. A sua ternura, tão desastrada
sem matreirice, deixa-lhe
duas possibilidades: transgressão ou transformação.
Um ingénuo fiasco.
Como ele se faz santo para tolerar o desperdício.
Se existe nele algo
semelhante ao amor
é para os dois pompoms brancos das meias dela
que é tudo que ela veste neste chão frio
enquanto dança ao seu redor,
relembrando as neves do princípio de outono.

WINTER 18

PATRICK LANE

Naked in the empty room
the young girl offers herself. Such a forlorn gift,
such a hopeless dance; so incomplete
with only innocence to offer. Her love, so awkward
without wantonness, leaves him
with two possibilities: transgression or transformation.
A simple defeat.
How he makes himself holy in order to suffer loss.
If there is anything in him
resembling love
it is for the two white pom-poms on her socks
which is all she wears on this cold floor
as she moves around him,
so much like the snows of early fall.

ESTRELAS

PATRICK LANE

translated into Portuguese by / traduit en portugais
par paulo da costa

Essas luzes no céu.
Pequenas borboletas da noite,
pequenas sonhadoras. Cada vez que a minha amada
se levanta para passear no jardim matinal
observo-a da janela.
Não posso deixar de a olhar.
Vê como ela se debruça perante o amanhecer,
as flores da cerejeira nos seus sombros
ao acariciar o gato
que a segue por todo o lado, querendo
apenas estar com ela
entre os musgos escuros.
Tanta luz que existe
na alta janela da noite.
Como espero, sabendo, que por agora
ela regressa a mim,
os seus pequenos pés humedecidos de orvalho,
brancos como estrelas
nestas horas derradeiras.

STARS

PATRICK LANE

Those lights in the sky.
Little butterflies of the night,
little dreamers. Each time my lover
rises to walk in the early garden
I watch her from the window.
I cannot take my eyes from her.
See how she leans inside the dawn,
the cherry blossoms on her shoulders
as she touches the cat
who follows her everywhere, wanting
only to be with her
among the dark mosses.
How much light there is
in the high window of night.
How I wait, knowing, for now
she comes to me,
her small feet wet with dew,
white as stars
in these last hours.

PETITS FARDEAUX

ALEXANDER MACLEOD

traduit de l'anglais par / translated from English by
Sophie Coupal

PERSONNE NE MÉRITE UN COUP DE SOLEIL comme ça. Surtout pas un jeune. On le voyait à travers son t-shirt. Comme de la graisse qui détrempe du papier ciré. Aussi mouillé et épais que ça, collant à lui. Violet. Son chandail usé était transparent et les cloques de la veille s'étaient rouvertes. Elles durcissaient maintenant pour la deuxième fois, aspirant le tissu dans son dos. J'ai essayé de ne pas penser au moment où il enlèverait son t-shirt. Il faudrait qu'il tire dessus rapidement, comme sur un pansement, et ça arracherait tout commencement de guérison. La moitié de son dos y passerait. Il avait un coup de soleil assez grave pour que ça saigne.

Je l'avais vu commencer la veille et j'aurais probablement dû dire quelque chose pour l'arrêter. Le soleil brillait. Un de ces après-midi clairs avec une brise tout juste suffisante pour qu'on croie à la fraîcheur du beau temps. Ces jours-là, on oublie parfois la présence constante du soleil, par-dessus la brise, qui plombe toujours sur le sol. La plupart des gens se sont fait prendre au moins une fois un jour traître comme celui-là et c'est pire maintenant. Maintenant, c'est fini avant même d'avoir commencé. On peut se blesser pour de bon si on n'est pas attentif.

Je l'ai regardé empirer. J'ai regardé cette brûlure pénétrer sa chair, les taches roses traverser ses épaules et descendre derrière ses bras. Il changeait de couleur devant moi et je n'ai rien dit. À la place, je suis simplement resté là, à penser comme c'est étrange qu'on ne puisse vraiment pas sentir une brûlure comme ça en train de se faire. Ou alors, on ne la sent qu'à travers une sorte de bonne chaleur, enveloppante et confortable. Tout semble bien aller sous la lumière du jour, mais le soir, quand une mauvaise brûlure commence à se faire sentir, c'est quelque chose d'autre. C'est un problème spécial. Je suis passé par là. Comme tout le monde, sans doute. Au début, ce n'est rien. On se tourne sur le ventre et on essaie juste de ne pas bouger. On choisit une position stable et on essaie de la maintenir. Mais ça empire et même si on prend un bain froid et qu'on se badigeonne de Noxema, on pense encore être sur le point d'exploser. On sent notre peau trop serrée. En fin de compte, on doit renoncer au sommeil parce qu'il est maintenant quatre heures du matin et qu'on peut voir le soleil se pointer pour une autre journée. Chaque respiration s'accompagne d'une douleur à part, la peau qui s'étire.

Je l'ai laissé brûler parce que je pensais que je ne le reverrais jamais. Quand il est revenu le lendemain matin, quand il est revenu tout écorché comme ça, mais encore prêt à travailler, mon opinion de lui a changé pour de bon. Je le plaignais maintenant et je ne pouvais pas m'empêcher de penser que tout ça était en partie de ma faute. Je me sentais comme si je l'avais brûlé moi-même, comme si je l'avais immobilisé avant de lui ébouillanter le dos ou de lui repasser la peau. Il ne pouvait pas savoir dans quoi il s'embarquait. Il s'appelait Robbie.

Quand Robbie est revenu ce matin-là, il n'a rien dit à personne. Il a simplement fait ce qu'on lui demandait en hochant constamment la tête. Mais autour de onze heures, quand il a commencé à faire vraiment chaud et que les autres gars étaient torse nu, il m'a semblé qu'il allait s'essayer encore. Je l'ai vu tirer sur son collet, il y pensait.

« Voyons, crisse. Sue donc un peu quelques jours. Tu enlèves ton t-shirt aujourd'hui et tu te ramasses à l'hôpital demain soir. Je te le garantis, tu vas te retrouver à l'hôpital. »

C'est la première chose que je lui ai dit de ma vie.

Il m'a répondu : « Non, c'est beau. » Sa voix était calme et égale, comme s'il avait déjà pensé à tout. « J'ai prévu le coup aujourd'hui. J'ai acheté de la crème solaire hier soir. C'est de la quarante-cinq. Y a rien qui passe à travers ça. Aujourd'hui, j'ai prévu le coup.

Quarante-cinq. » Il l'a dit une autre fois, lentement, en étirant les syllabes. Comme si ça l'émerveillait. Crisse, comme si quarante-cinq était le plus gros chiffre du monde.

« Je savais pas que ça pouvait aller si haut. »

La crème était dans son sac à dos et il l'a sortie pour me la montrer. Sur la bouteille, il y avait deux palmiers qui sortaient d'une petite île jaune. Il était prêt à faire ça là, tout de suite. Enlever son chandail, s'étirer le bras et se beurrer le dos. Il a ôté ses gants, essuyé la poussière de ses mains.

« Je ferais pas ça comme ça si j'étais toi, que j'ai dit. Cette marde-là va être pire que ce que le soleil peut te faire. Des mains graisseuses et des dalles, ça va pas bien ensemble. »

Il m'a regardé comme si je blaguais.

« Fais ce que tu veux », que j'ai dit. Et j'ai levé les mains comme si je me rendais.

« Je te dis juste que ça va pas ensemble. Quand l'huile rentre dans ta peau, tu peux pas l'enlever. C'est pas que ça reste collant, mais ça reste en dedans et ça te massacre les mains. Les ramollit. Fait fendre la peau. Au début, ça fait même pas mal quand tes doigts se mettent à saigner, tu les sens juste mouillés. Mais à la fin, tes mains sont toutes déchirées et le bout de tes doigts s'arrache tout seul. Ça passe directement à travers tes gants. »

Tout ce que je venais de dire était vrai. Quand on se massacre les mains, elles ne redeviennent jamais comme avant. Une fois, je me suis rendu les doigts tellement infectés et pleins de sang que lorsqu'ils ont finalement guéri, je pouvais encore voir des petits morceaux de pierre sous la peau.

Avec une espèce de sourire, Robbie a hoché la tête. Il a remis la crème dans son sac.

« Pas de crème », qu'il a dit. Puis il m'a fixé et, l'espace d'une seconde, j'ai cru qu'il allait démissionner sur-le-champ. J'ai vu deux petites veines apparaître au milieu de son front. Mais il ne l'a pas fait. Il a regardé le ciel comme s'il essayait de trouver une place où il serait mieux, une place avec un peu d'ombre.

Il m'a dit : « Il paraît qu'il va faire vraiment chaud aujourd'hui. »

Je lui ai répondu : « Oui, c'est ce qu'on m'a dit. »

Cette année-là, on avait un drôle de mélange de gars dans l'équipe. On était juste trois anciens — moi, JC et Tom — en plus d'un roulement constant de jeunes engagés pour l'été, un différent presque chaque jour. C'était Tom le contremaître. Il établissait les devis, organisait le travail et s'arrangeait pour que tout fonctionne. JC et moi, on posait la majorité des dalles.

« JC », c'était pour « Jésus-Christ ». En fait, son vrai nom était Allan, mais on l'appelait JC à cause de sa renaissance spirituelle. Avant de renaître au monde, JC était un militaire parachutiste. Il sautait en bas des avions. Sa peau était couverte du genre de tatouages qu'on ne peut se faire faire que dans l'armée ou en prison. Il avait les habituelles femmes nues, quelques crânes aussi et des crucifix où s'enroulaient des serpents. Il avait aussi des trucs plus durs. Des tatouages amateurs, comme tracés par un enfant. Sur le corps de JC, beaucoup de mots avaient été écrits d'une main tremblante. Il y avait des fautes dans certains d'entre eux. L'espace où ils apparaissaient était parfois si étroit qu'on voyait qu'ils avaient dû serrer les lettres pour faire entrer toutes ces petites phrases dans chacun des drapeaux ondulés. Sur son dos, il y avait un dessin d'une bombe avec son propre petit parachute. C'était écrit : « La mort vient d'en haut. » Et il y en avait un autre qui s'étirait à l'arrière de son cou, en plein sur l'os de sa colonne. Le numéro de son ancienne unité était là et sur le petit drapeau on lisait : « La souffrance est inévitable. » Sauf que quelqu'un avait mélangé le l et le b, alors c'était en fait « La souffrance est inévitalbe » qui était écrit.

JC était un peu bizarre. Je pense qu'il lui était arrivé quelque chose. Peut-être à cause d'une simulation de guerre ou de quelque chose dans l'entraînement qui sert à casser le caractère d'un gars. Une fois, Tom a demandé à JC s'il était sûr que son parachute s'était ouvert à chaque coup. Tom avait mimé la scène pour JC. Il avait fait siffler une note aiguë pour représenter JC en chute libre, puis avait fortement claqué ses mains ensemble pour imiter le bruit de JC qui frappe le sol.

« Allez, avait dit Tom. Rappelle-toi. Ça t'est arrivé au moins une fois. D'une façon ou d'une autre, tu as dû en manger toute une pour être comme ça. »

JC plissait souvent les yeux, comme s'il était toujours en train de fixer une lumière trop forte. Mais je n'ai rien à dire contre lui. Avec moi, ce gars-là était tout à fait sain d'esprit, mis à part tous ses discours sur Dieu, les Saintes Écritures et la venue du Messie ou je sais pas quoi encore. Il pouvait vraiment travailler fort aussi, comme s'il était poussé par Dieu Tout-Puissant ou une autre magie débile du genre. Il pouvait tout simplement travailler, travailler, travailler, peu importe l'heure, la chaleur, la pluie ou la neige. Il passait son heure de dîner à prier et à nous lire la Bible.

Les muscles de ce gars-là étaient tellement bien découpés que ceux de son dos et de son ventre avaient l'air tatoués avec le reste. Quand il enlevait son t-shirt, il ressemblait aux pires criminels : dans les films de prison, le genre qui fait des centaines de *push-ups* et de *sit-ups* dans sa cellule. Sa présence dérangeait certains de nos clients. Les couples de jeunes mariés avec enfants et fourgonnette ne voulaient pas qu'un gars comme ça travaille en face de leur nouvelle maison. JC avait un instinct spécial pour ces gens-là. Il était capable de sentir leur présence. Quand du monde le regardait comme ça, il ne le laissait jamais passer. Il voulait toujours parler à ces personnes, leur conter sa vie. Leur dire à quel point il avait changé.

« Vous n'avez pas à avoir peur de moi », qu'il leur disait.

Une fois, il s'est mis à parler comme ça à un gars qui arrosait son gazon pendant qu'on faisait son entrée de cour. Il nous fixait déjà depuis un moment, mais je ne sais pas si c'était JC qu'il regardait ou juste nous en train de travailler. Je me rappelle qu'il était nu-pieds et qu'il portait un polo vert.

Sans qu'on s'y attende, JC lui a dit : « Tu as le pouvoir de changer, tu sais. Ça peut être différent. »

Il parlait avec le drôle de rythme chantant des prêcheurs noirs.

« Nous avons le pouvoir de changer, qu'il a dit. Regarde-moi. Tu dois me regarder si tu veux voir. »

Il a ensuite tourné sur lui-même pour que l'autre puisse lire les mots et voir les dessins sur son dos.

« Je suis la preuve, a dit JC. Je suis la preuve qu'on peut changer. Voici la peau d'un homme nouveau. Ceci n'est qu'une enveloppe pour me rappeler ma vie d'avant. Mais je suis sauvé maintenant. Et toi. Toi aussi tu peux être sauvé. »

Le gars au polo est juste resté là et a hoché la tête. Je ne crois pas qu'il y avait autre chose à faire. Le boyau d'arrosage continuait à couler sur le gazon et JC continuait à tourner sur lui-même. D'où j'étais, je ne voyais pas clairement si le gars nu-pieds vivait une expérience religieuse ou non.

Après ça, Tom a essayé d'arranger les choses. Quand il parlait à des clients, Tom agissait toujours de façon professionnelle. Il a dit au gars nu-pieds qu'on s'excusait pour le dérangement, que ça n'arriverait plus et qu'on pouvait discuter d'un rabais ou de quelque chose du genre. Mais plus tard, quand je l'ai vu parler à l'oreille de JC, Tom était redevenu lui-même. Un peu de salive moussait aux coins de sa bouche.

« Tu refais ça encore une fois, a dit Tom à JC, et tu décrisses. »

Tom essayait de rester sous contrôle, essayait de ne pas parler trop fort, mais je l'entendais respirer à grands coups et je le voyais trembler de partout en parlant. L'espace d'une seconde, j'ai pensé qu'il allait peut-être carrément exploser et frapper JC en plein dans la cour arrière de ce gars-là. Je me disais que ce serait bon pour notre réputation.

« On va te larguer tellement vite que la tête va te tourner, a dit Tom à JC. Et là, qu'est-ce que tu vas faire ? Où est-ce que tu vas aller ? Personne d'autre va vouloir de toi. »

Notre compagnie engageait des gars qui ne pouvaient pas se trouver d'emploi ailleurs. Garlatti, notre patron, il cherchait des gens comme JC et Tom. Des gars prêts à tout pour un emploi ou coincés à cause de quelque chose qu'ils avaient fait il y a longtemps. J'ai travaillé avec Tom pendant des années sans jamais découvrir ce qui lui était arrivé. J'ai entendu dire qu'il avait battu quelqu'un. Quelqu'un proche de lui. Sa femme ou sa blonde ou un de ses enfants, je pense, dans son ancienne vie. Il vivait seul maintenant, mais je crois qu'il devait donner à d'autres la majorité de l'argent qu'il faisait. Tom devait souvent prendre congé parce qu'il était tout le temps en cour ou avait une rencontre avec un officier chargé de le surveiller.

Je mangeais mon lunch avec Tom chaque jour et chaque jour c'était la même chose. À onze heures trente exactement, il allait chercher sa petite glacière rouge à l'arrière du camion. Il l'ouvrait, en sortait six bières froides et les buvait ensuite l'une après l'autre, en moins d'une demi-heure. Tout ce temps-là, je ne l'ai jamais vu manger pendant l'heure du lunch. Et tous les jours — absolument tous les jours où on travaillait ensemble — il se faisait un point d'honneur de m'offrir la dernière bière, juste parce qu'il savait que je ne devais pas toucher à ça.

« Allez, Jimmy », me disait Tom en agitant la dernière canette sous mes yeux, en avant en arrière, en avant en arrière une deuxième fois. « Quelle crisse de différence que ça peut faire maintenant ? C'est fini tout ça. »

Au début, Garlatti nous payait trois fois rien. Mais une fois de temps en temps, il s'adoucissait un peu. Il avait l'habitude de donner des augmentations secrètes dont on ne devait parler à personne. Une semaine, on pouvait recevoir un chèque plus gros de cinquante ou de soixante-quinze dollars et quand il nous le mettait dans la main, il lui donnait une petite poussée pour qu'on comprenne qu'il ne fallait pas l'ouvrir devant les autres. C'est comme ça qu'il gardait ses anciens si longtemps. On revenait semaine après semaine, attendant toujours les cinquante dollars de bonus.

Mais pour les jeunes, c'était différent. Garlatti leur donnait le salaire minimum et n'a jamais cédé d'un pouce là-dessus. Ce gars-là n'a jamais payé un sou de plus que ce qu'il devait. Au commencement, certains des étudiants essayaient de prétendre que transporter des dalles était juste un bon exercice. Comme s'ils se disaient que tant qu'à s'emmerder dans un emploi d'été, aussi bien bronzer ou se mettre en forme en même temps. Ces gars-là ne duraient jamais longtemps. Avant l'arrivée de Robbie, Tom doit bien avoir engagé et congédié cinquante jeunes, presque un par jour depuis le début de l'été.

Le travail était simple. Transporter des dalles, point final. En transporter toute la journée et pelleter un peu de gravier ici et là. Les jeunes devaient nous apporter les dalles qu'ils prenaient sur la palette et ramener les petits morceaux et les bouts coupés dans la brouette. Ils devaient nous garder approvisionnés JC et moi pour qu'on puisse poser les dalles sans arrêter. Au début, la plupart d'entre eux ne pensaient pas que ça pouvait être si dur que ça. Mais quand c'était nécessaire, JC et moi pouvions poser les dalles pas mal vite. Va-et-vient, aussi vite que possible. Certains jours, si on voulait, on pouvait expédier quatre entrées de cour ou peut-être même cinq terrasses.

Habituellement, les jeunes venaient le matin, travaillaient une journée avec nous et lâchaient quand on les reconduisait à la fin de l'après-midi. C'était ce qu'il y avait de mieux pour tout le monde. Ils ne revenaient même pas chercher leur argent à la fin de la semaine. Garlatti était intelligent. Le petit papier épinglé au babillard du centre d'emploi lui a probablement fait gagner quelques centaines d'heures de travail non payées. C'est comme si on avait une réserve sans fin de jeunes à casser.

Mais Robbie est le dernier qu'on a engagé cet été-là. Il a commencé à travailler le 15 juin et a continué sans arrêt jusqu'au début de septembre. Son coup de soleil est disparu après un certain temps. Les premières semaines, sa peau qui pelait faisait un peu penser à des écailles, comme s'il était en train de se transformer en espèce d'homme-lézard ou de gars-serpent bizarre, mais à la fin de l'été, il était comme avant. Comme je ne l'ai plus vu enlever son t-shirt après ça, je ne sais pas quel genre de cicatrices il a gardé.

Je ne sais pas vraiment pourquoi Robbie s'était si bien intégré parmi nous. En bout de ligne, je crois que c'est parce qu'il était tellement différent de nous que ça a marché.

« Regarde-le aller », m'a dit Tom une fois.

C'était le deuxième jour, l'après-midi, et Robbie courait, il courait littéralement avec les dalles. Il les empilait dans ses bras et les transportait par groupe de sept ou huit. Il tenait celle du bas avec ses doigts et celle du haut sous son menton. Robbie avait un pas rapide et saccadé. Il n'avait rien d'un gars relax. Il était toujours en train de se lever ou de se baisser.

Tout le monde qui a fait ce genre de travail vous dira que le plus dur, c'est de se pencher tout le temps. Penche, relève, puis penche, relève encore — c'est comme se plier et se déplier le corps toute la journée. On se met à craquer de partout. Et juste cette petite charge, juste le poids de quelques dalles, c'est assez pour vous broyer les os. N'importe quel jeune peut lever cent livres s'il ne doit le faire qu'une ou deux fois. Mais les petits fardeaux font les plus gros ravages. C'est peut-être juste trente livres et la douleur s'installe doucement, mais elle reste là toute la journée et se fait sentir dans les bras et les jambes même une fois qu'on a fini. Ce genre de travail s'attaque d'abord aux genoux, puis aux épaules et au cou. Ça surprenait les jeunes étudiants qu'on engageait l'été. Ça les prenait par surprise, habituellement au début de l'après-midi, juste après le lunch. Un moment ils parlaient fort et ils riaient, trimbalant les dalles comme si de rien n'était, puis tout d'un coup, la petite douleur apparaissait et se mettait à gruger leurs forces. On la voyait presque s'agripper à eux. C'est comme s'ils vieillissaient d'un coup. Leurs épaules s'affaissaient, ils devenaient très calmes et se concentraient sur les petites choses en essayant de comprendre ce qui s'était passé.

Mais Robbie transportait les dalles plus vite qu'on ne pouvait les poser. Quelquefois, il devait attendre qu'on le rattrape. Il restait alors à côté de nous à regarder tout ce qu'on faisait. Il avait l'air de trouver que la construction d'une entrée de cour était un travail important. Après un mois, je pense qu'on avait oublié que ce n'était pas sa vraie vie et qu'il ne faisait que passer.

« C'est le meilleur gars qu'on n'a jamais eu pour ce travail, m'a dit JC. On dirait que c'est un de ses talents. Il adore ça. »

Robbie a travaillé avec nous durant ces mois fous où la ville grossissait nuit et jour et qu'il y avait plus de travail que ce que n'importe qui pouvait faire. Je suis content de ne pas habiter une maison construite durant cette période parce que c'était alors plus important d'aller vite que de faire du bon ouvrage. Si vous pouviez tenir un marteau et porter un deux par quatre, vous construisiez des charpentes.

Garlatti surchargeait souvent notre horaire. Quand on avait trop de travail, ce n'était jamais très bien fait. On se dépêchait toujours pour passer au prochain contrat et on tournait beaucoup de coins ronds. Quand ça s'est calmé et qu'il n'y avait plus rien devant nous, c'est là qu'on s'est mis à prendre notre temps. On a tout étiré autant qu'on pouvait.

J'aimais bien faire les choses. Les rendre parfaites. J'aimais les demandes spéciales, uniques. Comme la fois où une vieille dame voulait avoir un motif de cercles interreliés dans sa terrasse. C'était quelque chose qu'on pouvait faire. Ou quand un gars voulait mettre ses initiales en pierre dans son entrée de cour. Les gens nous demandaient de faire ce genre de trucs. Ils voulaient qu'on mette un gros M majuscule d'une couleur différente dans leur entrée.

Je sais que la plupart des gens ne portent pas attention aux dalles quand ils marchent dessus, mais ils ne savent pas comment c'est dur de faire des choses comme ça. Quand on fait un ouvrage spécial, il faut qu'on puisse visualiser le produit fini avant de commencer. Je passais parfois des nuits blanches avec un morceau de papier quadrillé, à essayer de trouver la bonne façon d'intégrer un maudit Q quelque part sans déranger le reste.

Une fois, on travaillait sur une de ces demandes spéciales — les cercles interreliés — et Robbie m'a demandé de lui montrer comment faire. Il voulait savoir comment j'arrivais à arranger tout ça pour que ça marche.

J'ai sorti mon papier de la veille et je lui ai montré comment tracer les cercles avec un compas et comment colorer les carrés où les cercles se chevauchaient. Je lui ai dit qu'il fallait toujours travailler des deux côtés quand on posait les dalles.

« Quand tu fais quelque chose d'un côté, il faut que tu fasses la même chose de l'autre côté, que j'ai dit. Il faut que tu fasses les deux cercles en même temps. »

Je lui ai montré comment découper les petits morceaux pour ne pas gaspiller de dalles et comment définir lentement la courbe pour qu'elle ait l'air naturelle.

Les yeux de Robbie se promenaient entre le papier et la terrasse qu'on construisait. Je voyais bien qu'il étudiait vraiment son affaire. Qu'il voulait comprendre. Il me posait une question, je lui répondais et on se renvoyait la balle comme ça. C'était super. Avant ça, je n'avais jamais rien enseigné à personne.

C'était assez rare qu'on fasse ce genre de travail spécialisé par contre. C'était trop cher et trop long à planifier. Quand on était occupés, c'était carrément une ligne de montage. Production à la chaîne. Jamais vraiment rien d'unique. Si je voulais ralentir pour corriger quelque chose ou pour montrer à Robbie comment contourner un coin difficile, Tom se mettait à nous engueuler en disant : « Donne juste un coup dessus pour que ça rentre, maudit ! Ici, c'est de la construction qu'on fait, pas des montres ! »

On passait la majorité du temps dans les nouvelles sections de la ville. Beaulac, Deschâteaux, Boisjoli. Elles avaient toutes des noms dans ce genre-là. C'était une mine d'or pour Garlatti. Les maisons étaient toutes pareilles et devaient toutes avoir une entrée de cour assez grande pour deux autos et une petite terrasse circulaire pour le barbecue en arrière. On passait d'un terrain à l'autre comme une bourrasque, construisant toutes ces entrées qui débouchaient dans la rue vide.

Il y avait aussi d'autres compagnies sur le terrain. Elles avaient leurs propres camions avec leur nom écrit sur le côté. Couvreurs, électriciens, plombiers. Dans ce temps-là, tout le monde faisait de l'argent. Ils construisaient de gros patios en bois ou installaient des bains tourbillons et des portes de garage automatiques. Les autres jeunes en vacances étaient là aussi, ceux qui lançaient leur propre entreprise d'aménagement paysager. Ils étaient toujours dans nos jambes, à vouloir se promener avec leurs rouleaux de tourbe et les gros sacs de paillis. De toutes ces places-là, Beaulac était la plus sophistiquée. Un grand mur brun en faisait le tour et était supposé couper le bruit de l'autoroute. Chacune des maisons avait une vue sur les lacs.

C'est là qu'on travaillait quand ils sont venus creuser ces lacs devant nos yeux. Je n'avais jamais rien vu de pareil. Un arpenteur s'est promené avec de la peinture spéciale en aérosol, il a pris quelques mesures avec ses instruments et s'est mis à tracer d'immenses courbes bizarres sur le sol. Ça lui a pris une semaine à faire. Je l'ai vu à la roulotte cantine une fois et je lui ai demandé comment allait le travail. Il m'a répondu qu'ils commenceraient à creuser le lendemain. Le jour suivant, ils sont venus avec la machinerie lourde. Ils ont simplement suivi les lignes, comme quand on découpe dans un livre à colorier, cinq pieds de creux partout.

« T'as vu, que j'ai dit à Robbie. J'imagine que c'est comme ça qu'on fait un lac. »

Mais c'était tout. Une semaine le gazon, et l'eau la semaine suivante. Ils ont mis un système de filtration là-dedans, comme dans une piscine, pour que le lac ne devienne pas tout boueux. Beaulac était supposé être un endroit agréable à habiter. Agréable si vous aviez des enfants.

Quand ils ont rempli les lacs pour la première fois, JC a enlevé tous ses vêtements et est allé nager tout nu. En allant sous l'eau, il nous a montré son cul vierge de tatouages. Et il n'arrêtait pas de nous appeler pour qu'on aille le rejoindre. Il allait nous rebaptiser, qu'il disait, au nom du Père, du Fils et du Saint-Esprit Amen. Robbie et moi, on a juste ri de lui. On était assis à l'ombre d'un gros arbre qui n'était même pas là deux jours avant. Mais Tom ne trouvait pas ça si drôle. Il a empoigné son sexe à travers ses jeans et a crié que si JC voulait le voir tout nu, il n'avait qu'à venir ici et lui sucer la queue.

On ne connaissait jamais très bien nos clients. Quelquefois, on construisait l'entrée de cour de maisons qui n'étaient pas encore vendues. Là-bas, tout était désert. Comme une ville fantôme au milieu d'un champ, mais pleine de châteaux. Une fois de temps en temps, on avait un contrat de rénovation dans la vieille partie de la ville. Quand on revenait dans les rues normales, on voyait toute la différence. Il y avait du trafic, les maisons n'étaient pas toutes pareilles, il y avait des enfants et des chiens partout.

C'est là qu'on était quand la vieille dame qui nous avait engagés a reconnu Robbie.

« Est-ce bien toi, Robert ? » qu'elle a dit. On voyait qu'elle n'était pas certaine, comme si elle ne pouvait pas le croire.

On a tous levé la tête en même temps parce que ça faisait bizarre qu'une cliente s'adresse directement à nous. Mais la femme était là et elle l'appelait Robert. Il lui a souri.

« Oui, c'est moi, qu'il a dit. Comment allez-vous ?

– Oh, ça va, ça va, qu'elle a répondu. Je reviens tout juste de l'école. On se prépare pour la rentrée. Il y a beaucoup de planification à faire, tu sais. » Elle tenait un sac rempli de documents.

« C'est presque fini pour toi, n'est-ce pas ? a dit la femme à Robbie. Tu reçois ton diplôme cette année.

– Oui, a dit Robbie. C'est presque fini. Il me reste juste un an. »

En dedans de moi, j'ai toujours su que Robbie et la plupart des autres jeunes qui travaillaient avec nous l'été étaient encore juste à l'école secondaire, mais je n'y avais jamais vraiment pensé avant. Ça m'a un peu pris de court de le voir parler à cette femme de graduation, des équipes sportives de son école et de cours de maths. J'ai regardé JC, puis Tom. J'ai pensé à JC en train de prier le soir et à Tom et moi, retournant chacun chez soi, se faisant à souper et s'assoyant devant la télé pour une partie de baseball. Ma vie était comme ça depuis tellement longtemps, je pense que j'ai juste arrêté de croire que ça pouvait être différent pour quelqu'un d'autre. Je pense que Robbie avait dix-sept ans quand je l'ai connu. Qu'est-ce qu'un jeune comme ça faisait quand il retournait chez lui ? On peut passer tout ce temps à travailler avec un gars et rester quand même un pur étranger en dedans. Je me disais qu'on était tous pris, tous mis à notre place. Je pensais à quel point la vie ressemble parfois à une dalle et comment c'est difficile de la faire bouger après quelques années passées à la même place.

« C'est donc ça ton emploi d'été », a dit la femme.

Elle nous a regardés, a souri, puis a dit à JC, comme si elle blaguait avec lui : « Mes amis, j'espère que vous n'êtes pas trop durs avec lui. Robert, c'est quelqu'un de bien. Vous allez prendre soin de lui, OK ?

– Oui », a dit JC rapidement. Il lui parlait comme on parle toujours à un professeur. « On va prendre soin de lui. »

Elle est entrée dans sa maison, puis en est ressortie cinq minutes plus tard avec un gros pichet de limonade pour nous tous.

« Robert, qu'elle a dit. Quand tu prendras une pause, viens donc manger avec nous à l'intérieur. »

Il s'est arrêté une seconde, mais ce n'est pas comme s'il avait eu besoin d'y penser. Tout ce qui sortait de la bouche de ce garçon avait l'air naturel.

« Merci, qu'il lui a répondu. Mais je peux juste y aller s'ils peuvent tous venir aussi. »

Elle a été un peu surprise, mais elle s'est vite ressaisie et a joué le jeu.

« Oh, bien sûr, bien sûr, qu'elle a dit. C'est ce que je voulais dire. Il y a de la place pour tout le monde. »

Et c'est comme ça que c'est arrivé. Robbie et moi et JC et Tom, tous assis autour de la table de cuisine avec cette vieille dame. En train de manger ses sandwichs au thon pas de croûte et des biscuits Oreo avec de grands verres de lait. JC s'est agenouillé à côté de la table pour dire le bénédicité. Il a remercié Dieu pour la nourriture, de nous avoir réunis et gardés en santé. Et la femme continuait à remplir nos verres et à nous amener des biscuits. De temps à autre, Robbie et moi échangions un coup d'œil, le sourire fendu jusqu'aux oreilles. Tom est resté assis là, complètement silencieux. Je pense qu'il s'ennuyait de sa petite glacière rouge. Un peu plus et j'éclatais de rire. Quelle image. On était tout le contraire d'une grosse famille heureuse.

Le dernier vendredi où Robbie travaillait avec nous, on a tous décidé de finir plus tôt. On travaillait comme des fous depuis presque trois mois, six ou sept jours par semaine, et Garlatti nous avait permis de prendre l'après-midi. On s'est donc arrêtés à midi pile et on a décidé d'emmener Robbie manger parce qu'on ne savait pas quand on le reverrait. Il recommençait l'école la semaine suivante.

« Si jamais t'as besoin d'un emploi, il y en a un pour toi ici », a dit Tom à Robbie. C'est probablement la seule chose gentille que je l'ai jamais entendu dire.

« Tu peux faire pas mal d'argent dans ce domaine » qu'il a dit, comme s'il essayait de se convaincre.

« Il y a beaucoup d'autres choses que tu peux faire à côté, beaucoup de trucs en dessous de la table. Plein d'occasions à saisir. Tu devrais y penser. »

Robbie a dit qu'il y penserait.

On l'a emmené dans un bar, la Balle d'Argent. C'est Tom qui a choisi la place. Il disait qu'ils avaient de bons spéciaux du midi. Sur l'enseigne de la Balle d'Argent, une fille de bande dessinée habillée d'un bikini minuscule chevauchait une grosse balle argent. Elle portait un chapeau de cowboy et envoyait la main en souriant de toutes ses dents. Ils ne nous ont pas fait payer l'entrée et n'ont pas demandé de preuve d'âge à Robbie, parce qu'il était encore tellement de bonne heure et que ce genre de choses n'était prévu que pour beaucoup plus tard. Mes yeux ont pris du temps à s'habituer aux miroirs, aux stroboscopes et à tout le reste. Ça a pris un moment avant que je puisse voir.

À part nous, il n'y avait que le personnel et un autre groupe de gars qui portaient tous des salopettes de travail bleues. Je pense que c'était une équipe de la voirie parce que leur linge était couvert de goudron noir et qu'ils dégageaient une odeur d'asphalte. Il étaient peut-être une dizaine.

« Des cols bleus », a dit Tom avec un grognement de mépris. « Ils ont besoin de vingt gars pour remplir un nid-de-poule. »

On a commandé de la bouffe et JC a payé une tournée de bière à tout le monde et un *ginger ale* pour moi. On est restés assis là sans parler. C'était comme si personne ne savait comment faire. Cet après-midi-là, il y avait une partie de baseball à la télé, alors on a regardé ça et une fois de temps en temps quelqu'un disait quelque chose à propos d'un bon lancer ou d'un double-jeu. On a mangé les hamburgers et ils ont bu leurs bières. Et là Tom a payé une tournée, j'ai payé une tournée et même Robbie ensuite. Et ainsi de suite. La serveuse continuait à amener des bières et à rapporter les bouteilles vides. Après un certain temps, j'ai senti mon impatience monter parce que je ne peux pas rester dans un bar trop longtemps. Tout ce qu'ils avaient de fort était bien en vue. Les bouteilles étaient alignées derrière le comptoir. J'ai regardé Robbie boire ses bières et rire avec ces gars-là et ça m'a un peu levé le cœur, comme si je faisais quelque chose de mal. J'imagine que j'étais juste sur les nerfs, mais je savais que ce n'était pas une bonne chose.

Puis Tom s'est levé pour aller pisser. Quand il est passé à côté des gars de la voirie, je l'ai vu se pencher au-dessus de leur table et leur dire quelque chose. Tout de suite j'ai su que ça ferait du trouble. Ils étaient plus nombreux que nous, ils étaient là depuis plus longtemps et avaient bu davantage.

De l'autre côté de la table, un des gars s'est levé. Il s'est mis à gesticuler et à crier à Tom d'aller se faire enculer et de sacrer son camp. J'ai prié pour que Tom fasse juste se la fermer, mais je savais qu'il ne serait pas capable. Chez lui, c'était instinctif. Tom était comme un *pit-bull*. Même s'il avait longtemps été gentil avec vous, ça ne changeait rien. Un jour, il ne pourrait pas s'empêcher de vous attaquer. Ce genre de méchanceté était en lui et il ne pouvait rien faire pour se retenir.

J'ai entendu Tom dire quelque chose sur les syndicats et comment ces gars-là n'avaient jamais travaillé de leur vie. Il a craché par terre. Deux autres gars se sont levés pour tenter de séparer Tom et celui qui lui criait après. Chacun a essayé de prendre un bras de Tom et de l'éloigner. Un autre gars nous a regardés et nous a fait signe de venir chercher Tom. Mais c'était trop tard. Tom a repoussé un des gars qui le tenait, il s'est enfargé, est tombé sur la table. Les verres se sont renversés et les bouteilles se sont brisées.

« Crisse de plottes, a crié Tom. Vous êtes juste une gang de plottes. »

Et là, le gars derrière lui l'a frappé sur la tête avec une bouteille pleine et Tom s'est écroulé.

JC était rendu à l'autre bord de la salle tellement vite que je ne l'ai pas vu faire. En une seconde, il était là. Il y avait deux autres gars en salopettes bleues pour l'arrêter, mais ils n'ont pas pu. C'est comme si quelque chose s'était rallumé dans la tête de JC et qu'il était redevenu le genre de gars dont il avait l'air. Il s'est dirigé en plein sur celui qui avait frappé Tom avec la bouteille. Il a passé par-dessus la table d'un seul coup en prenant un tel élan que lorsque son poing a frappé la face de l'autre, le nez du gars a carrément explosé. JC avait mis toute sa puissance dans son coup. Quand il s'est relevé de l'autre côté de la table, JC avait du sang sur le visage. Je savais que ce n'était pas le sien.

Robbie et moi, on s'est avancés et certains d'entre eux sont venus vers nous. C'est comme si c'était un jeu et que tout le monde savait les règles et que tout le monde devait se mettre en équipe. Le personnel nous criait après, nous traitant de trous de culs d'ivrognes et essayant de nous pousser dehors, dans le stationnement. Pendant tout ce temps-là, — même quand un des gars en salopette a abattu son poing bagué en plein dans l'espace entre mon nez et mon œil — je n'arrêtais pas de me demander comment on aurait pu faire pour que tout ça n'arrive pas le dernier jour de travail de Robbie. En même temps, je me disais qu'on n'aurait pas pu l'éviter.

Quand on est sortis dans le stationnement, j'ai vu Tom roulé en boule par terre. Du sang sortait par une de ses oreilles. Deux des gars en salopettes lui donnaient chacun leur tour des coups de pied dans les côtes et sur la tête avec leurs grosses bottes.

Un autre gars a couru vers moi, a mis ses mains sur mes épaules. Il m'a tiré par en avant et a ramené son genou en plein entre mes deux jambes, aussi fort qu'il le pouvait. J'ai senti quelque chose se déchirer et je me suis effondré. Les deux gars ont laissé Tom pour quelqu'un d'autre derrière moi, mais je ne pouvais pas me lever, j'avais de la misère à respirer et je ne pouvais pas me retourner.

Tom ne bougeait plus. Il était couché là, face vers le ciel, sur l'asphalte brûlante, entre les lignes jaunes du stationnement. Il faisait tellement chaud. On était là depuis quelques heures seulement et il était encore tôt. Il n'était probablement même pas trois heures. Le soleil continuait à nous inonder d'une lumière toute brillante et estivale. Ça ne tournait pas rond et je souhaitais juste qu'il fasse plus sombre pour ne pas être forcé de voir les choses si clairement.

LIGHT LIFTING

ALEXANDER MACLEOD

NOBODY DESERVED A SUNBURN like that. Especially not a kid. You could see it right through his shirt. Like grease coming through waxed paper. Wet and thick like that, sticking to him. Purple. It was a worn out, see-through shirt and the blisters he had from the day before had opened up again. Now they were hardening over for the second time, sucking the fabric into his back. I tried not to think about him taking that shirt off. He'd have to rip at it quickly—like a bandage—and that would tear away any of the healing that had already happened. Half his back would go. He had a sunburn bad enough to bleed.

I saw it coming the day before and I probably should have said something and stopped it. It was bright. One of those clear afternoons where there's just enough of a breeze to trick you into thinking it's nice and cool. On a day like that you can forget that the sun is still up there, on top of the breeze, still coming straight down. Most people have been caught at least once by a trick day like that and it's worse now. Now it's over before you feel anything. You can get permanently hurt if you don't pay attention.

I watched it happen. I watched that burn going into him—the pink blotches moving across his shoulders and down the backs of his arms. He was turning colours right in front of me and I didn't say a word. Instead, I just sat there and thought about how it's strange that you really can't feel a burn like that when it's going in. Or you feel it only like a nice comfortable kind of all-over warm. Everything seems fine when you're out there in the daytime, but at night—when a bad burn starts to come out—that's a total different thing. That's a special kind of trouble. I've been there. Probably everyone's been there.

First it's nothing. You flip over on your stomach and just try to stay still. You pick that one steady position and try to hold it. But it gets worse, and even though you take the cold bath and pile on the Noxema, you still think you're going to come bursting right out of your body. Your skin feels too tight. In the end you have to give up on sleeping because now it's four in the morning and you can see the sun coming up for another round. Every time you breathe there's a separate stretching pain.

I let him burn because I thought I'd never see him again. But when he came back the next morning—when he came back again, all scorched like that but still ready to go—that turned me around on him for good. I felt sorry for him now and I kept thinking that some of this was my fault. I felt like I did it to him myself—held him down and poured boiling water all over his back or pushed a plugged-in iron onto his skin. He had no way of knowing what he was getting into. His name was Robbie.

When Robbie came back on that second morning he didn't talk to anyone. He just did what he was told and kept nodding his head all the time. But at about eleven, when the real heat started up and the other guys had their shirts off, it looked to me like he was going to try again. I saw him tugging at the neck of his T-shirt, thinking about it.

"For fuck's sake," I said. "Just sweat it out for a couple days. You take that shirt off today, you'll be in the hospital by tomorrow night. I guarantee you'll be in the hospital."

That was the first thing I ever said to him.

"It's OK," he said. His voice was flat and calm, like he already had this all figured out.

"I'm prepared for it today," he said. "I bought a sunscreen last night. It's a forty-five. Nothing can get through that. I'm ready for it today."

"Forty-five." He said that again, slowly, stretching it out. Like he was amazed. Like forty-fucking-five was the biggest number in the history of the world.

"Never knew they went that high," he said.

He had the lotion in his backpack and he took it out and showed it to me. There were two palm trees growing out of a little yellow island on the bottle. He wanted to do it right there. Take off his shirt and reach around and slather himself up. He took off his gloves, wiped the dust off his hands.

"Wouldn't go like that if I were you," I said. "That shit will be worse than anything the burn can do. Oil in your hands do not go with bricks."

He looked at me like I was joking with him.

"Do what you want," I said. And I held up my hands like I surrendered.

"I'm only telling you the two things don't go together. When that grease sinks in, you can't get it out. Not like it's sticky, but it gets right in there and messes up your hands. Softens them. Makes the skin split. Doesn't even hurt at first when your fingers start bleeding, just feels wet. But by the end, your palms are all shredded up and the tips are worn right off your finger. Goes right through your gloves."

Everything I told him was true. When you wreck your hands they never come back the same way. I got my fingers so bloody and infected once that when they finally healed over again I could still see little chunks of stone trapped under my skin.

Robbie kind of smiled and he shook his head back and forth. He put the cream back in his bag.

"No lotion," he said. Then he looked straight at me and for a second I thought he was going to quit right there. I could see two little veins pulsing in the middle of his forehead. But he didn't go for it. He looked up at the sky like he was trying to figure out if there was a better place to stand—a place with some shade.

"They say it's supposed to be very hot today," he said.

"Yes," I told him. "That's what I heard."

We had a strange mix of guys on our crew that year. There were just three regulars—me, JC and Tom—and then we had summer kids who rotated in and out, a different one almost every day. Tom was our foreman. He did the estimates, set up the jobs and made sure that everything kept moving. JC and I laid in most of the stone.

The letters JC stood for Jesus Christ. His real name was Allan but we called him JC because he was born again. Before he came back to real life JC was a paratrooper in the military. He used to jump out of planes. His skin was covered with the kind of tattoos you can only get if you're in the army or if you're in jail. He had the regular naked woman kind and a couple skulls and some crucifixes with snakes slithering around them. But he had the harder stuff too. Amateur tattoos that looked like a kid had drawn them in. There were a lot of shaky words written out on JC's body. Some of them were spelled wrong and sometimes the spacing was too tight and you could tell that they had to squish to get all those little sayings to fit inside their separate curling flags. On his back he had a picture of a bomb that was tied up to its own little parachute. It said "Death comes from above." And there was another one that stretched right across the back of his neck, right over the bone of his spine. He had his old unit number there and the little flag said "Pain is unavoidable." But somebody mixed up the O and the I, so it really said "Pain is *unaviodable.*"

JC was a little bit off. Something bad happened to him, I think. Maybe it was in those war simulations or something in the training that's supposed to break a guy down into just his basic parts. Once, Tom asked JC if he was sure that his parachute opened every time he jumped out of the plane. Tom acted it out for JC. He whistled a windy high note when he thought about JC falling through the air and then he slapped his hands together hard when he thought about him hitting the ground.

"Come on," Tom said. "Think back. That happened to you at least one time. Whatever it was, you had to get whacked pretty hard to turn out like this."

JC squinted a lot, like he was always staring into a lamp that was too bright. But I don't have a bad word to say about him. The guy was completely sound around me except for all his talking about God and the Holy Scriptures and the coming of the rapture or whatever. He could really work too, almost like he was powered by the Almighty Lord or some other crazy magic. He could just go and go and go, no matter what time it was, or how hot it was, or if it was raining, or if it was snowing. During his lunch hour he prayed and he read the Bible to us out loud.

The guy was carved up so tight it was like the muscles in his back and his stomach were drawn in with the tattoos. When he took off his shirt, he looked like the worst sort of criminal: the kind in the prison movies who do hundreds of push-ups and sit-ups in their cells. It bothered some of our customers to have him around. The young married couples with kids and mini-vans didn't want a guy like that working in front of their new houses. JC had a special feel for those kind of people. He could sense them. When somebody looked at him like that, he never let it pass. He always wanted to talk to them, explain his whole life story. Tell them how he'd been transformed.

"You do not need to be afraid of me," he'd say.

One time, he started talking like that to a guy who was watering his lawn while we put in his driveway. The guy had been staring at us for a couple minutes but I don't know if he was looking at JC or just watching us work. I remember that this guy wasn't wearing any shoes and that he had on a green golf shirt.

Right out of the blue JC said to him, "You can change yourself, you know. It doesn't have to be this way."

He talked with that funny up and down rhythm that the black preachers have.

"We can change ourselves," he said. "Just look at me. You have to look if you want to see."

And then he turned around so the man could read the words and see the pictures on his back.

"I am the proof," JC said. "I am the proof that you can change. This is the skin of a different man. This is just a shell to remind me of how it used to be. But I am saved now. And you. You can be saved too."

The guy with the golf shirt just stood there and nodded his head. I don't think there was anything else for him to do. The hose kept dripping water on the grass and JC kept turning himself around. From where I was standing, I couldn't tell if the barefoot guy was having a religious experience or not.

Tom tried to smooth things out after that. Whenever he talked to customers Tom was always professional. He told the barefoot guy that we apologized for the inconvenience and that it would never happen again and that we could discuss a discount or something. But later, when I saw him whispering with JC, Tom was back to himself. There was spit foaming out of the corners of his mouth.

"You ever do that again," he said to JC, "and you're gone."

Tom was trying to keep himself together, trying to keep it low, but I could hear him breathing hard out of his nose and I could see the way he was kind of trembling all over when he talked. For a second, I thought he might actually haul off and punch JC right there in this guy's back yard. I was thinking that that would have been good for our reputation.

"We'll dump you so fast it'll make your head spin," Tom told JC. "And then what'll you do? Where would you go then? Nobody else would take you."

Our company worked guys who couldn't get any other kind of work. Garlatti, our boss, he looked for people like JC and like Tom. Guys who were desperate for a job or stuck because of something they did a long time ago. I worked with Tom for years but I never found out what happened with him. I heard he beat somebody up. Somebody close to him. His wife or his girlfriend or one of his kids, I think, from before. He lived by himself now but I think he still had to pay out almost all the money he made. Tom had to take lots of days off because he was always going to court or to these meetings with some officer who was supposed to keep track of him.

I ate my lunch with Tom every day and every day it was the same thing. At exactly eleven thirty he'd go to the back of the truck and haul out his little red cooler. He'd open it up, bring out the cold six pack, and then he'd drink every one of them in less than half an hour. In all that time, I never saw the guy eat food during lunch. And every day—every single day that we worked together—he made a point of offering that last beer to me, just because he knew I had to stay away from that stuff.

"Come on, Jimmy," he'd say and he'd wave the last can in front of me. Back and forth and then back and forth another time. "What the hell difference does it make now. You're past all that."

In the beginning Garlatti paid us absolutely nothing. But every once in a while he softened up a bit. He used to give us these secret raises that we weren't supposed to tell anybody about. One week your check would be fifty or seventy-five dollars bigger and when he handed it to you he'd give the paper a little extra push into your hand so that you'd know not to open it in front of everybody else. That's how he kept his regulars guys for so long. We kept coming back every week, waiting for that extra fifty bucks to show up.

It was different for the kids though. Garlatti paid them the straight minimum wage and he never budged on that. The man never paid out one cent more than he had to. In the beginning, some of the students tried to pretend that hauling bricks was just good exercise. Like they figured that if they had to work a bad summer job then they might as well get a tan or get in shape when they were doing it. Guys like that never lasted. Before we got Robbie, Tom must have hired and fired fifty kids, almost one a day since the beginning of the summer.

The job was simple. Carrying bricks, that was it. Carrying bricks all day long and shovelling a little gravel here and there. The kids had to run new brick off the pallets and wheelbarrow away the scraps and the cut pieces. It was their job to keep us stocked up all the time so that me and JC could lay it in non-stop. At first, most of them thought the job couldn't be that hard. But when we needed to, me and JC could lay it down pretty quick. Back and forth, as fast as fast. Some days, if we got a feeling for it, we could knock off four driveways or maybe five backyard patios.

The kids usually came out in the morning, worked with us for a day, and then quit when we brought them back in the afternoon. It was the best thing for all of us. They didn't even come back at the end of the week to pick up their money. Garlatti was smart. He probably pulled a couple hundred hours of free work from that one little piece of paper he had stuck to a bulletin board down at the employment centre. It was like we had a never-ending supply of kids to break down.

But Robbie was the last one we hired that summer. He started on June 15 and he worked right through to the beginning of September. His sunburn cleared up after a while. For the first couple weeks, when his skin was peeling off, he looked kind of scaly, like he was changing into a weird snake-man lizard guy, but by the end of the summer he was back to normal. He never took off his shirt again though, so I don't know what kind of scars he got left with.

It's hard for me to say why Robbie fit in with us so well. In the end, I think it worked out because he was so different from all of us.

"Look at him," Tom said to me once.

It was on that second day, in the afternoon, and Robbie was running, I mean really running, with these bricks. He piled them up between his arms and carried them in stacks of seven or eight. He held the bottom one with his fingers and the top one tucked in just under his chin. Robbie moved with these quick jerky steps. There was nothing smooth about him. He was always halfway between standing up and crouching down.

Anyone who's ever done this kind of work can tell you that the bending over is the worst part of it. Bending over and getting up, and then bending over and getting up again—it's like you're folding and unfolding your body all day. You get creaky. And just that little bit of weight—just the weight that's in a few bricks—that's enough to grind you down. Any kid can pick up a hundred pounds if they only have to do it one or two times. But it's the light lifting that does the real damage. Maybe it's just thirty pounds and it starts off slow, but it stays with you all day and then it hangs around in your arms and your legs even after you leave. That kind of lifting hits you in the knees first and then in your shoulders and your neck. It used to surprise our summer student kids. It would catch them off guard, usually in the early afternoon, just after lunch. One minute they'd be loud and laughing and tossing the brick around like it was nothing and then, all of a sudden, that little grinding pain would wind up and get a hold of them. You could almost see it tightening around them. It was like they got old all at once. They'd hunch over and get really quiet and start concentrating on all the smallest things, trying to figure out what went wrong.

But Robbie ran the brick faster than we could lay it down. Sometimes he'd have to wait for us to catch up and he'd stand there watching everything we did. For him, it was like putting in a driveway was important work. After a month I think we forgot that this wasn't his real life and that he was just passing through.

"He's the best guy we ever had for that job," JC told me. "It's like he has a gift. He loves it."

Robbie worked with us during the crazy time when the city was growing all day and all night and there was more work than anyone could do. I'm glad I don't live in a house that went up at that time because it was all speed more than it was doing it right. If you could swing a hammer and carry a two by four, you were framing houses.

Garlatti overbooked us a lot. When we had too many jobs, the work we did was never very good. We were always rushing to get to the next place and we cut a lot of corners. When it slowed down and there was nothing coming up, then we took our time. We stretched everything as far as it would go.

I liked to get it right. Make it perfect. I liked the one-of-a-kinder jobs. Like when some lady wanted us to put a connecting circle pattern in her back patio. We could do that. Or when a guy wanted to write out his initials in the stone of his driveway. People asked us to do that kind of stuff for them. They wanted a big capital M in there with a different colour brick.

I know that most people don't pay attention to paving stone when they're walking on it, but they don't know how hard it is to do something like that. When you're laying down a special job, you gotta be able to see the end before you can start. I stayed up all night sometimes with a piece of graph paper, trying to figure out how to put some stupid Q in there and still make everything else fit.

Once when we were doing a job like that—putting in the connecting circles—Robbie asked me to show him how to do it. He wanted to know how I made the whole thing come together.

I took out my paper from the night before and I showed him how to draw out the circles with a compass and how to colour in the squares where they overlapped. I told him about how you always had to keep it balanced when you were laying it in.

"When you do something on one side, then you got to do it on the other side too," I said. "You gotta make two circles at the same time."

I showed him how to cut the small pieces so you didn't waste any brick and how to bring the curve around slowly so it looked natural.

Robbie's eyes flicked between the paper and the patio we were building. I could see that he was really studying this stuff. Figuring it out. He'd ask me a question and I'd answer and we went back and forth like that. It was great. Before that, I never taught anybody anything.

We hardly ever got to do that kind of specialty work though. It was too expensive and it took too long to set up. When we were busy, it was pure assembly line. Churning through it. Never much of anything unique. If I wanted to slow down because something was a bit off, or I wanted to show Robbie how to get around a tricky corner, Tom would start yelling at us and say, "For Christ's sake, just give it a whack and make it fit. It's construction here, you're not building no watch."

We spent most of our time in the new subdivisions. Southwood Lakes, Castlepoint, Elmwood. They all had names like that. It was a gold mine for Garlatti. The houses were all the same and every one of them needed a big two-car driveway in the front and a little circle patio for the barbecue in the back. We stormed from one lot to the next, building all these driveways onto the empty street.

There were other companies in there too. With their own trucks and their own names painted on the side. Roofers and electricians and plumbers. Everybody was making money then. They were building the big wooden decks, or putting in the jacuzzi bathtubs and the automatic garage door openers. The other kind of summer kids were there too. The ones who started their own landscaping companies. They were always under our feet, trying to carry around their rolls of sod and those big bags of wood chips. Southwood Lakes was the fanciest of all those places. There was a big brown wall that went all the way around it and was supposed to keep out the noise from the highway. Every one of those houses had a view of the lakes.

We were working out there when they actually dug those lakes and it was like nothing I ever saw. A surveyor went around with a can of special spray paint and he took some readings and then drew these gigantic weird bendy shapes on the ground. Took him about a week to get it done. One time, I met him at the canteen truck and asked him how it was going and he said that they'd start digging tomorrow. The next day they came in with the heavy machinery and just followed the lines, like a cut-out in a colouring book, five feet deep all the way across.

"See that," I said to Robbie, "I guess that's how you make a lake."

But that was it. One week it was grass, the next week it was water. And everybody had a view. They put a filter system in there, like a swimming pool, so that the lake didn't get all swampy. Southwood was supposed to be a nice place to live. Nice if you had kids.

When they first filled those Southwood lakes with water, JC took off all his clothes and swam around in there naked. He dove down and showed us his completely unmarked ass. And he kept calling to us to come out there and join him. He would baptize us again, he said, in the name of the father, and the son, and the holy spirit amen. Robbie and I just laughed at him. We were sitting in the shade of a big tree that hadn't even been there two days before. But Tom didn't think it was so funny. He grabbed himself through his jeans and yelled out that if JC wanted to see him naked he could walk right up here and suck his dick.

We never really knew our customers. Sometimes the driveways we were building were going onto houses that hadn't even been sold yet. Everything was empty out there. Like a ghost town in the middle of a field, but full of mansions. Once in a while we'd get a renovation job back in the old part of the city and when we came back to the normal streets we could see all the differences. There was traffic and all the houses were different shapes and there were kids and dogs everywhere.

We were doing a job like that when the old lady who hired us recognized Robbie.

"Is that you, Robert?" she said. You could tell she was uncertain, kind of like she couldn't believe it.

All of us looked up at the same time because it was strange to have a customer talking right to us. But here was this lady and she was calling him Robert. He smiled at her.

"Yes, it's me," he said. "How are you?"

"Oh, I'm good, I'm good," she said. "Just coming back from the school. Getting ready for the new year. Lots of preparation to do, you know." She had a bag full of papers.

"This is it for you, right?" she said. "You'll be graduating this year."

"Yes," Robbie said. "This is it. One year left."

In the back of my head I always knew that Robbie and most of the other kids who worked with us were still just in high school, but I never really thought about it before. It threw me a bit, seeing him talk to that lady about graduating and about the school sports teams and calculus classes. I looked over at JC and then at Tom. I thought about JC saying his prayers at night and how Tom and me would go home and cook ourselves a dinner and then sit there in front of the TV and watch a ball game. For me, it'd been like that for so long, I think I just stopped wondering about how it could be different for anybody else. Robbie was probably seventeen years old when I knew him. What did a kid like that do when he went home? You could spend all this time working with a guy and still be totally different inside. I thought about how we were all stuck, all of us put in our places. I thought about how your life could be like a brick and how it was hard to move it once you got settled into the same place for a couple years.

"So this is your summer job, then," the lady said.

She looked at us and smiled and then she said to JC—like she was joking with him about it—"I hope you fellas aren't working him too hard. Robert is one of the best. You take care of him, OK?"

"We will," JC said quickly. He talked in that same way that everybody has to talk when they're talking to their teacher. "We'll take care of him."

She went into her house and then five minutes later she came out with a big pitcher of lemonade for all of us.

"Robert," she said. "When you take your break, why don't you come in and have lunch with us?"

He stopped for a second, but it wasn't like he needed to think about it. Everything that came out of that boy's mouth came out natural.

"Thanks," he said. "But I can only come if we all go."

She was a little surprised, but she was quick on her feet and she rolled right along with it.

"Oh of course, of course," she said. "That's what I meant. There's room for all of you."

And that's how it happened. Robbie and me and JC and Tom ended up sitting around the kitchen table with this old lady. Eating her tuna fish sandwiches with the crusts cut off and the oreo cookies and the big glasses of milk. JC got down on his knees and said grace beside the table. He thanked God for the food and for bringing us all together and for keeping us healthy. And the lady kept filling up our glasses and bringing more cookies. Every once in a while, Robbie and I would glance back at each other smiling our heads off. Tom just sat there, completely quiet. I think he was wishing for his little red cooler. It was all I could do not to just burst out laughing. Quite the scene. We were like the opposite of one big happy family.

On the last Friday that Robbie worked with us, we all decided to quit early. We'd been going like mad for nearly three months, six or seven days a week, and Garlatti decided that we could take the half day. So we knocked off right at twelve noon and we decided that we'd take Robbie out for lunch because we didn't know when we were going to see him again. He was starting school again the next week.

"If you ever need a job, we got one for you," Tom said. It was probably the only nice thing I ever heard him say.

"You can make good money in this business," he said. It was like he was trying to convince himself.

"There's lots of side jobs, lots of under-the-table stuff. Opportunities all around. You should think about it."

Robbie said that he would.

We took him to this bar called the Silver Bullet. Tom picked the place. He said they had good lunch specials. The sign for the Silver Bullet had a cartoon girl wearing a little skimpy bikini top and she was riding on a big silver bullet. She had a cowboy hat that she waved in the air while she smiled her big smile. They didn't charge us anything, or even check Robbie for ID, because it was still so early and that kind of business didn't get going until much later on. It took a while for my eyes to adjust to the mirrors and the strobe lighting and the rest of it. It took a while before I could see.

The only other people in there were the staff and then this other big group of guys wearing matching blue coveralls. I think they were a road crew because their clothes were all covered in black tar and they smelled like asphalt. There were probably ten of them.

"City workers," Tom said and he kind of snorted. "They need twenty guys to fill in a pothole."

We ordered some food and JC bought everybody a round of beer and a ginger ale for me. We sat there all quiet. It was like none of us even knew how to talk. There was an afternoon ball game on so we watched that and once in a while somebody would say something about a nice catch or a double play. We ate the burgers, and they drank their beers. And then Tom bought a round, and I bought a round, and even Robbie bought a round. Then it started again. The waitress kept bringing the bottles and taking them away. After a while I started to feel a little rough because I can't sit in a bar for too long. They had all the hard stuff right out in the open. The bottles were lined up behind the counter. I watched Robbie drinking his beers and laughing with those guys and it made me feel kind of sick, like I was doing something wrong. I was just jumpy, I suppose, but I could tell it wasn't good.

Then Tom got up to go to the john. When he walked past the guys from the road crew, I saw him lean over their table and say something to them. I knew, right from there, it was going to be trouble. There were more of them than us, they'd been here longer than us, and they'd gone through more rounds.

One of the guys on the other side of the table got up and he started waving and shouting at Tom, telling him to fuck off and just move along. I prayed that Tom would just shut up but I knew he couldn't. With him, it was just instinct. Tom was like one of those pitbull dogs. It didn't matter how long he'd been nice because someday he just had to turn on you. That kind of meanness was inside of him and he couldn't do anything about it.

I heard Tom say something about the union and about how these guys had never done a day of real work in their lives. He spit on the floor. Then two more of the men were standing up and they were trying to separate Tom from the guy who was yelling at him. They each tried to take hold of one of his arms and lead him away. Another guy looked over at us and kind of waved so that we'd come and get him. But it was too late. Tom pushed one of those guys off him and he tripped and fell into the table and the glasses spilled and bottles were breaking.

“Fucking pussies,” Tom shouted. “You’re all a bunch of pussies.”

Then the guy behind him hit him over the head with a full bottle of beer and he went down.

JC was across the room so fast, I didn’t even see him move. He was over there in one second. And there were two more blue overall guys there to meet him but they couldn’t stop it. It was like JC just flicked a switch in his head and he was back to being the kind of guy he looked like. He went right for the one who hit Tom with the beer bottle. In one swoop JC was over the table and he swung at the guy so hard that when his hand came into the other guy’s face the guy’s nose just exploded. JC had his whole body behind that punch. When he came up on the other side, JC had blood on his face but I knew it wasn’t his.

Robbie and I started to go over and some of them came to get us. It was like we were all in this game and everybody knew the rules and everybody needed to be partnered up. The staff were screaming at us, calling us all drunk pieces of shit and trying to push the whole thing outside into the parking lot. During all of this—even when one of the coverall guys with a big ring on his finger smashed his hand into the space right between my nose and my eye—I kept wondering how we could have made this *not* happen on Robbie’s last day. At the same time, I was thinking that it couldn’t be avoided.

When we came out into the back parking lot I saw Tom lying balled up on the ground. There was blood coming out of one of his ears. Two of the blue overall guys were taking turns kicking him in the head and in the ribs with their big boots.

Another guy ran up to me, put his two hands on my shoulders. Then he pulled me forward and jammed his knee up as hard as he could right square between my legs. I felt something tearing and I went down. The two guys left Tom to go for somebody else behind me, but I couldn’t get up and I couldn’t breathe right and I couldn’t turn around.

Tom wasn’t moving anymore. He just lay there, face up, on the hot asphalt, between the yellow lines of a parking spot. It was so warm. We’d only been in there for a couple hours and it was still early in the day, probably not even three o’clock yet. The sun just kept streaming down on us, all bright and summery. It wasn't right and I kept wishing for it to be darker so I didn't have to see it all so clearly.

MUSIQUE ANCIENNE

JONATHAN LOCKE HART

traduit de l'anglais par / translated from English
by Nicole Mallet

Son sens du temps est différent.
Elle repose quelque part au-delà
De la tombe et de l'Atlantique, ses parents
Enterrés dans le Somerset, elle au Massachusetts.
Et moi, ici, le regard perdu dans les eaux vertes
D'un lac des Rocheuses, je songe à Sarah Norton,
Des siècles après.

Il y a des entrées du jardin
Que je ne franchirai sans doute jamais : les roses sont semblables
aux échos.
Mes rêves se meuvent sur les feuilles mortes
Et les siens s'esquivent dans l'ombre, murmurent
Sur l'étang par une journée trop longue
Pour nous deux.

Pareils à la musique,
Ainsi sommes-nous. Lui est accroché à l'arbre
Pour elle comme pour moi. Les plaies saigneront
Jusqu'à la fin des temps. Les étoiles
Ne s'intéressent pas à l'algèbre ; la liberté
Ne se trouve pas dans les livres d'emblèmes.
Nos corps se brisent dans la poussière
Qui nous étouffe, étrangers issus d'une même
Chair.

Immobilité et silence : le terrain de notre famille
Comme de toute autre. La pierre et la terre
Réduiront nos os en même poussière, dans ce mouvement
Du désir que l'on nomme voix et sang,
Vivacité de la langue et de l'œil. Non,
Je ne t'ensevelirai pas une seconde fois
Sous la doctrine ; rouges, blanches, jaunes,
Les fleurs exhalent leur parfum au-dessus du cap
Dans la chaleur de l'été. Toi aussi
Tu les as humées, mais jamais au cours du même été.

Je troquerais bien un paradoxe pour être assis à tes côtés
Et entendre tout ce qui surgira,
Inexprimé et invisible, chez moi et les miens,
Lourd des insuffisances de l'histoire, discours inconscient
Comme cette perte que nous déplorons, la voix muette
De notre sang inventant le passé
Dans un geste d'abandon aveugle. Comment inclinais-tu la tête
Dans le vent ? T'a-t-on si bien instruite
Que nous récitons la même leçon en dépit
Du temps ?

Peut-être le temps est-il venu de lire la philosophie
À la faible lumière d'une lampe, de prendre les paroles sourdes et routinières
Pour le silence, d'engager sa foi dans le bois d'un hêtre
Et d'abandonner le sable sur l'une et l'autre rive
Pour une urne funéraire. Nos âmes sont emportées
Par un vent glacé. Peut-être cet empire
Agonise-t-il, alors même que nous nous en écartons
Dans le temps.

Nous avons nos secrets de famille.
La multiplication est ce qui nous étouffe et nous libère
Du bien et du mal de nos ancêtres.
Tes pleurs et tes paroles sont balayés par le vent.
Fût-il possible de remonter dans le temps
Que la pièce serait trop pleine de nous
Pour que nous puissions parler. J'ai fait le compte
À rebours et ça ne compte pas. Vois comme il faut évoquer Tom
Et les écoles où tes frères et ton père
Jouaient à grand bruit pour qu'ils émergent et paraissent à tes yeux.

Nous pourrions certes nous retrouver au cœur du silence
Mais sans incantations : un jour nous avons trinqué à la bière
À Noël, secoués par le fou rire,
Alors qu'on tente de nous rendre graves
Et de nous faire passer dans un royaume impassible.
Mais le soleil s'échoue sur ton souvenir,
Et dans ce naufrage, je me rends compte, aussi bizarre
Qu'ait pu être cette conversation,
Le monde moderne éternellement jeune,
Je me rends compte que nous sommes avant et après,
Inexprimés et invisibles,
L'amour dans un roman
Dont les assises ne sont rien moins que la biologie, aussi étrange
Et dangereux qu'il puisse paraître.

ANCIENT MUSIC

JONATHAN LOCKE HART

She has a different sense of time
And lies somewhere on the other side
Of the grave and the Atlantic, her parents
Buried in Somerset and she in Massachusetts,
And I, here, looking over a green lake
In the Rockies, think of Sarah Norton,
Centuries after.

There are doorways to the yard
I may never enter: roses are like echoes.
My dreams move over the dead leaves
And hers skirt in the dark, whisper
Over the pond in a day too long
For the two of us.

Like music
So are we. He hangs on the tree
For us both. The scars will bleed
For ever. The stars are not
Interested in algebra: freedom
Cannot be found in emblem books.
Our bodies break in the dust
We choke on, strangers of the same
Flesh.

Stillness is our family ground,
Like any other. Stone and soil
Will eat our bones even in the movement
Of desire we call voice and blood,
Quickness of tongue and eye. I
Will not bury you again
With doctrine: the red, white, yellow
Flowers blow their scent over the cape
In the heat of summer. You felt that
Too, but never in the same summer.

I would trade a paradox to sit by you
To hear all those things that will erupt
Unspoken and invisible in me and mine
Without sufficient history, unconscious
As the loss we suffer, the mute sound
Of our blood inventing the past
With blind abandon. How did your head
Tilt in the wind and were you taught so well
That we speak the lesson we oppose
In time?

Perhaps it's time to read philosophy
By a dim light, to mistake a hollow rote
For stillness, to take faith for a beech tree
And leave the sand on either coast
For an urn. Our souls are blown out
On a cold wind. Perhaps this empire is
At an end even as we dissent from it over time.

We have our family secrets.
Mutiplication is what smothers and frees us
From the rights and wrongs of forebears:
Your tears and words are swept along
And even if we could reverse the clock
The room would be too full of us
For us to talk. I have counted
Backwards to no account. See how Tom
And the schools where your brothers and father
Played with sound must be called
Back to your eyes and the sea.

We might meet at the centre of stillness
But not with incantation: we once drank beer
At Christmas and shook with laughter
Though they would make us grim
And move us to an unmoving realm.
But the sun breaks on your memory,
And in the waste I realize that, odd
As this conversation has been,
The modern world forever young,
We are before and after
Unspoken and unseen
And love in a fiction
Whose grounds are nothing less
Than biology, as strange
And dangerous as that may seem.

PROLOGUE DE *HEALY PARK*

GRAEME POLE

traduit de l'anglais par / translated from English by
Gilles Mossière

REGAGNANT LA LIMITE DES ARBRES, Gregory Phillips contourne les premiers bosquets et descend une petite prairie alpine qui mène au bord du lac Snowdrift, un lac parmi les centaines d'autres qui sont clairsemés dans les hauteurs du parc national Banff. Le montagnard pose son sac à dos et, délesté du fardeau qu'il portait depuis trois jours, il peut enfin souffler. Sa marche d'approche est terminée : il passera la nuit sur place et partira demain en reconnaissance dans les environs. Il s'agenouille sur la berge et se désaltère, recueillant la bonne eau glacée dans le creux de ses mains.

Un couple de huarts du Canada s'appelle et se répond. La mélodie désordonnée de leurs cris se répercute en échos limpides autour du cirque rocheux. La rive occidentale du lac est prise par un reste de glaces. Ici, c'est le royaume de l'hiver, et les falaises calcaires qui enserrent ce lieu projettent une ombre éternelle. La froidure pénétrante de l'air évoque la période glaciaire. La plupart des marcheurs qui s'aventurent jusqu'au lac Snowdrift ne s'y attardent pas, et bien peu y campent.

Son énergie sapée par la longue marche et la météo exécrable de la matinée, Gregory contemple le paysage. Avec la détente qui suit un effort intense, et avant que la fatigue n'éteigne toute sensation, la perception s'élargit. Les distinctions entre enveloppe corporelle et paysage, entre science, langage et expérience s'estompent. Les barrières intellectuelles tombent. Le savoir est là, dans le clapotis de l'eau contre la rive, la caresse du vent, le cri d'un huart. À ceux qui savent écouter, ils dévoilent leurs secrets. Aux élus, ils révèlent *la connaissance*.

Au lac Snowdrift, la disposition des éléments est remarquable de simplicité : rochers, eau, glace, neige, ciel, soleil et vent. Leur orchestration est limitée, mais si parfaitement ordonnée qu'elle échappe à l'entendement. Pour la saisir, il faut l'interpréter, l'embellir. Gregory prend conscience des allées et venues des oiseaux et des écureuils, de la présence — étonnante à cette altitude — d'un terrier de castor dans la berge, de la géométrie qui régit la croissance des plantes et des arbres. Pour ceux qui perçoivent ces détails, le paysage prend alors une signification nouvelle d'où unité et perfection commencent à émerger. La faune et la flore deviennent ainsi baromètres de la santé du milieu. L'interdépendance de ses éléments évoque même une volonté supérieure.

Le cri des huarts qui hante ce cirque sauvage suggère à tort que toute vie y est étrangère. Frappant des pattes la surface de l'eau pour prendre son envol, l'un d'eux finit par décoller. Gregory n'entend plus que le bruissement de ses ailes fendant l'air, et quelque chose au tréfonds de lui aspire à suivre l'oiseau, comme s'il ne voulait pas rester orphelin du plaisir que sa compagnie lui a prodigué. Mais, après trois jours de marche, le montagnard errant demeure immobile : il fait désormais partie du paysage.

Gregory est loin de se douter que, à quelques minutes de là seulement, deux jeunes loups au pelage noir déboulent de leur tanière. Échangeant coups de pattes et coups de dents, ils font des culbutes parmi les sapins, les épinettes et les mélèzes torturés de cette forêt de haute altitude. Tapie dans le tunnel d'entrée, la louve aux yeux jaunes surveille chacun de leurs mouvements. Elle sait que son compagnon sera bientôt de retour, et qu'il rapportera des morceaux de viande arrachés à la carcasse d'une chèvre des montagnes qui gît dans les débris d'une avalanche, au pied des falaises toutes proches. Ce sera, alors, son tour à elle de quitter la tanière et, tel un fantôme, de se glisser dans le paysage.

En aval, dans un méandre du torrent qui s'échappe du lac Snowdrift, un grizzli à la fourrure cannelle laboure la tourbe de ses pattes antérieures. Le silence est tombé sur la colonie d'écureuils qui niche là, chacun cherchant refuge au plus profond du terrier. Pour l'ours, la chasse est un jeu, et celui-ci dépense bien plus d'énergie à creuser qu'il n'en retirerait s'il arrivait à se mettre un de ces rongeurs sous la dent. Au bout de quelques minutes, le grizzli abandonne la partie, remonte le talus qui domine le torrent et part au petit trot en direction d'une ondulation de terrain. S'évanouissant comme par magie dans le paysage, il pénètre dans le mythe et le mystère qui caractérisent les hautes vallées des Rocheuses canadiennes. Quand l'ours réapparaîtra-t-il ? Nul ne le sait : c'est, à chaque fois, une surprise.

La surface du lac, miroir tranquille, offre au ciel une deuxième demeure. Tout est immobile. De fragiles éclats de soleil étincellent sur la caillasse polie par les glaciers. Milliards de roches ordinaires, monticules de gravats, couverture chaotique redevenant lentement poussière, ces vulgaires cailloux sont pourtant des pierres précieuses : ce sont les joyaux des Rocheuses canadiennes. La vie et la mort se jouent sur eux, contre eux, y laissant à peine une trace. Ils proviennent d'anciens océans, et fragment après fragment, c'est vers les océans de l'avenir qu'ils seront emportés. Ces rochers sont le code, le langage de la genèse et de la transformation de ce paysage. Ils en sont la perfection même, distillée par les millénaires. Tout ce qui se meut ici n'est que témoin éphémère.

Jeudi, le 30 juin ; cabane de Gregory Phillips, Field (C-B)
Une carte topographique est bien plus que le simple relevé d'un paysage. C'est un instrument qui en relie les points dans le temps et dans l'espace. Vous êtes ici, vous voulez aller là : une carte vous montre comment y arriver, ou indique que vous ne le pourrez peut-être pas. Certaines sont parfois trop vagues et ne font qu'évoquer des possibilités : c'est alors à votre esprit et votre volonté de concrétiser ces zones d'ombre en randonnée.

Une carte est source de renseignements, constellation de sentiers — certains balisés, d'autres non. Une carte invite à l'aventure et nourrit celle-ci une fois que l'on est en marche. Comme elle n'est cependant qu'une représentation statique d'un paysage, elle ne peut totalement prédire l'issue de la quête. Regardez une carte assez longtemps, et votre esprit se mettra à voyager. Le succès de l'entreprise n'est pourtant jamais garanti ; toutes les destinations ne sont pas non plus faites pour être atteintes.

Une carte est source d'émerveillement. Les couleurs de la planète se superposent aux lignes tortueuses qui en représentent l'épiderme : vert forêt, brun rocaille, bleu lacustre, blanc glacier. L'altitude des extrêmes y est portée. Entre les deux, les courbes de niveau mettent en relief les prodigieuses forces tectoniques et climatiques qui ont sculpté les espaces familiers de notre monde, sphère élémentaire tournant dans l'espace. Le tracé des cours d'eau — en treillis, en dendrites, en étoiles — suggère la structure géologique sous-jacente d'une région donnée. Le relevé des glaciers et des déserts, des anciens lacs, des glissements de terrain, des ravins, des cañons et des grottes est la double trace de la permanence et de l'éphémère, des catastrophes et du cycle éternel des bouleversements planétaires.

Une carte est le point de départ qui sert à mesurer les territoires encore inexplorés. La différence évidente de superficie entre les étendues orange — identifiant les régions urbaines — et les immenses zones vertes des forêts n'en fournit toutefois qu'une représentation erronée. En effet, les routes et chemins forestiers — lignes rouges, orange et noires — qui sillonnent la carte comme autant de doigts crochus, vident les espaces sauvages de leur essence intangible. En les fragmentant, les emprisonnant, ils en siphonnent la spécificité dans une direction qui leur est incompatible — les régions peuplées de basse altitude — et ils forcent les animaux à chercher refuge dans des territoires de plus en plus reculés. Mais, au fur et à mesure que les mailles de cet envahissant filet se resserrent, ce « recul » entraîne parfois aussi ces espèces au beau milieu des peuplements urbains.

Sur une carte, les routes et les chemins semblent linéaires, mais le véritable caractère de leur intrusion est pluridimensionnel et cumulatif. Il est impossible de démarquer précisément, et donc de cartographier, l'interface entre zones habitées et sauvages. En effet, aucun espace naturel n'est à l'abri s'il existe, quelque part en marge de la carte, une volonté d'invasion dans la psyché urbaine qui jamais ne connaît le repos.

Les cartes évoquent l'histoire de l'humanité : ceux qui sont arrivés les premiers, leurs expériences, leurs explorations ; et ceux qui viendront ensuite et, à leur tour, découvriront encore autre chose. Les noms portés sur une carte parlent d'habitation et d'une certaine connaissance du milieu ; leur absence suggère l'inconnu ou, peut-être, un endroit évité de tout temps par l'homme. Dans les régions peu fréquentées, elles servent de chronique des entreprises humaines antérieures : les noms de lieux y sont comme des cartes de visite, disséminées par le vent, qui seraient restées accrochées à des sommets, des crêtes, aux parois de cañons, ou échouées sur la berge de rivières ou de lacs. Si un voyageur a des affinités avec ceux qui ont baptisé ces endroits, une carte devient alors le plan d'une chasse au trésor qui invite à partir à la découverte.

Des cartes, émergent parfois des mots aux consonances à la fois mystérieuses et nostalgiques, des noms qui encouragent à la carto-rêverie. Pour Gregory Phillips, le lac Wolverine était de ceux-là. Tapi dans un cirque de la chaîne Razorback du parc national

Banff, c'est l'un des lacs les plus élevés des Rocheuses canadiennes. Fermé sur trois côtés par d'imposants ressauts calcaires, il donne naissance à un torrent qui tombe en cascade du haut d'une immense falaise que Gregory avait baptisé « la Muraille ». Au pied de celle-ci, le cours d'eau, en se recomposant, forme la source occidentale de la rivière Cataract. Il n'existe toutefois aucun sentier permettant d'y accéder, et on ne peut l'apercevoir que du sommet des quatre pics anonymes qui l'entourent, ou encore de ses berges... si jamais on arrive à les atteindre. C'est du moins ce que Gregory supposait, car il n'était jamais allé au lac Wolverine. Il n'avait que carto-rêvé cette destination.

Une carto-rêverie est une randonnée imaginaire qui a un objectif précis. Les carto-rêveurs évitent les chemins balisés. Ils se composent un itinéraire hors-piste en examinant les cartes, étudiant les courbes de niveau et reliant vallées par cols et crêtes. Des destinations suggèrent des voies d'approche. Des voies d'approche suggèrent des destinations. Les carto-rêveurs calculent le nombre de journées qu'il leur faudra pour arriver à un lieu donné et en revenir. Ils s'inquiètent : « Est-ce que ça passera ? Ou bien, au bout de quatre jours, est-ce que je me retrouverai au pied d'une falaise insurmontable, du mauvais côté d'une rivière infranchissable, ou obligé de descendre un glacier qui n'est porté sur aucune carte, ou pire encore, au fond d'un cul de sac ? »

Les carto-rêveurs s'attaquent aux défenses que la psyché collective a érigées contre les paysages inapprivoisés. Au cours de leurs explorations, et au fil du temps, ils prétendent avoir acquis une connaissance intime du territoire. Mais la plupart des carto-rêveurs préfèrent garder tout cela pour eux, car ils voient clairement les conséquences de la pénétration humaine dans des espaces encore vierges. Ils savent trop bien les dommages que peuvent y provoquer l'enthousiasme incontrôlé de la populace urbaine et son esprit toujours insatisfait. Les carto-rêveurs, eux, ont fait un pacte avec la terre afin de ne pas compromettre plus avant le peu de précieuse nature primitive qui reste. Pensant aussi aux carto-rêveurs de l'avenir, de quel droit épuiseraient-ils le tonneau des possibilités ?

Gregory était assis dans une chaise berçante placée devant une fenêtre latérale de sa cabane. Des rideaux de pluie glacée fouettaient les carreaux. Il se leva.

Il va y avoir de la neige fraîche en montagne.

Il se souvint en frissonnant de nuits passées en altitude dans des conditions semblables. Mais il savait bien que le confort — et la sécurité qu'il suggère — n'est qu'une commodité toute relative. En effet, que l'on se trouve dans une cabane bien chauffée des vallées ou couché dans une tente sur une crête exposée aux griffes de tous les vents, il suffit d'imaginer une situation moins privilégiée pour que disparaissent les petites misères du moment, et que les mérites en resplendissent.

Au-dessus de Field, l'épaisse couche de nuages s'accrochait à la cime des arbres, dissimulant les montagnes qui dominaient les petites maisons. Niché sur le versant ouest des Rocheuses, ce village est le plus élevé de la Colombie-Britannique. La rivière Kicking Horse qui coule devant a creusé une vallée magnifique entre les flancs du mont Stephen, du côté sud de la rivière, et ceux du mont Burgess. Pendant plus d'un siècle, Field avait été, tour à tour, gare ferroviaire, centre minier et forestier, et siège administratif du Parc. Depuis l'été de 1886, qui avait vu les premiers aventuriers du train *Pacific Overland* mettre pied sur le quai et succomber à son charme, cette bourgade était toutefois devenue un lieu de prédilection pour montagnards et amoureux de la montagne, et certains d'entre eux y avaient même élu domicile.

Gregory s'étira, s'appuyant du bout des doigts à une des poutres grossièrement équarries du plafond. Grand et maigre, son apparence physique ne suggérait pas immédiatement celle d'un montagnard. Il ressemblait plutôt à un coureur de marathon. Et d'une certaine manière, c'est bien cela qu'était Gregory : un marathonien de la montagne. Ce qui lui manquait en force brute, il le compensait en énergie. Il possédait un talent remarquable pour déchiffrer le relief et y trouver la ligne la plus rapide. En terrain facile, avec un sac contenant plusieurs jours de vivres sur le dos, il pouvait tenir une moyenne de cinq kilomètres à l'heure pendant toute la journée, et il ne comptait plus les occasions où il avait couvert plus de trente kilomètres hors des sentiers battus pour escalader un pic et en redescendre.

Sur les murs de sa cabane étaient exposées des photos de paysages spectaculaires et difficiles d'accès des Rocheuses canadiennes : au fond d'une vallée reculée, un bel escalier de lacs enchâssés dans la roche ; une cascade jaillissant de la langue d'un glacier et dont le vent dispersait le voile avant même qu'il ne touche le sol ; un cañon et le pont naturel qui l'enjambait ; sur une crête d'éboulis ressemblant au dos d'une baleine, un cairn, que le montagnard avait construit au cours d'une de ses escapades solitaires ; la silhouette hérissée d'une multitude de sommets se découpant, telles des vagues disparaissant à l'horizon, sur un ciel embrasé par un coucher de soleil.

Aucun de ces lieux ne portait officiellement de nom, et même lorsque les cimes les plus proches en avaient un, la plupart des visiteurs n'en avaient jamais entendu parler. Certains s'arrêtaient pour examiner une des photos.

C'est où, ça ?

C'est dans la vallée de la Ravenswood..., vers la source de l'affluent qui s'y jette du côté nord, juste après le camping des Bisons.

Après un bref silence empreint de perplexité, ils reprenaient :

Le camping des Bisons ? Euh..., elle est où, la vallée de la Ravenswood ?

C'est à une bonne journée de marche de Lac Louise.

Ah, bon...

Et la conversation en restait là. On aurait dit que Gregory connaissait un monde secret de rivières, de lacs et de montagnes, qu'il possédait des cartes différentes, des rêves différents aussi.

Le montagnard, que la météo confinait dans sa cabane, mit de l'eau à chauffer pour se faire du thé. Le chant de la bouilloire couvrit momentanément la clameur de la pluie tambourinant sur la toiture métallique. Aujourd'hui, même les plus acharnés seraient forcés à l'inactivité, et ceux qui se trouvaient en montagne seraient obligés d'abandonner et de faire demi-tour. La grisaille de cette journée humide se prêtait toutefois parfaitement à un passe-temps essentiel, et des plus créatifs : la carto-rêverie. Comme Gregory, un grand nombre de montagnards pratiqueraient aujourd'hui cet art. La moquette de son bureau était jonchée de cartes topographiques de la partie centrale des Rocheuses canadiennes, en particulier de celles représentant les chaînes orientales du parc de Banff.

Si une carto-rêverie pouvait meubler un après-midi ou occuper des moments qu'on aurait pu consacrer à une tâche plus productive, ce n'était pourtant jamais une perte de temps. Au cours des quinze années que Gregory avait passées dans les Rocheuses, il avait carto-rêvé plusieurs centaines d'itinéraires, et en avait ensuite réalisé un grand nombre. Il savait que la carto-rêverie d'une journée pluvieuse comme celle-là équivalait à planter une graine. Lorsqu'elle germerait, le rêve se transformerait en randonnée.

Gregory ne connaissait qu'une personne à s'être aventurée dans la haute vallée du lac Wolverine, après avoir franchi la formidable barrière naturelle qui en défendait l'accès. Cette rencontre avait été brève. Il y a dix ans de cela, il avait croisé un marcheur solitaire dans la vallée de la Ravenswood. Gregory se dirigeait vers l'est pour effectuer une de ses habituelles ascensions en solo. L'autre rentrait à Lac Louise au terme d'un long périple, à en juger par son apparence. Lorsque Gregory avait demandé d'où il venait, la réponse lui était parvenue dans un français approximatif aux accents germaniques.

Bien, je dépars de Banff et je monte la vallée de la rivière Waterfall. Très choli. Alors, je marche à Healy Park et suit la rivière Cataract jusqu'à lac Wolverine. De là, je vais dans la Vallée secrète. Beaucoup de pluie. Et maintenant, je vais à Lac Louise.

Ce randonneur avait couvert plus de cent trente kilomètres en dix jours et, bien que son excursion ait commencé et se soit terminée sur des sentiers faciles, la partie centrale avait suivi — et peut-être même inventé — un itinéraire dans une des régions les plus sauvages du parc. En plein milieu, et sans doute le catalyseur de toute l'aventure, se trouvait le lac Wolverine.

Sur le moment, ce tracé avait surpris Gregory. Mais ce n'est qu'une fois rentré chez lui, en scrutant la carte, que le caractère inspirant de cette aventure lui était véritablement apparu. Le marcheur n'avait pas fait grand cas de son expédition, mais comment diable avait-il franchi « la Muraille » du lac Wolverine ?

L'itinéraire avait impressionné Gregory, certes, mais il l'avait surtout dérangé. Cette gêne ne trouvait à s'exprimer que sous la forme d'une question : « Est-ce qu'ils carto-rêvent aussi les Rocheuses canadiennes en Europe ? »

Parmi les centaines de possibilités pour sa prochaine sortie en montagne, c'est, de manière étrange, le lac Wolverine qui émergea des cartes amoncelées sur le plancher de sa cabane. Telle est la nature imprévisible de la carto-rêverie. Mais cette randonnée difficile, au tracé escarpé, devrait attendre que la neige fraîche ait fondu. Le martèlement de la pluie s'intensifiant, Gregory déplia la carte de la Vallée secrète afin d'examiner des options moins téméraires qui conviendraient mieux à ce retour temporaire de l'hiver.

PROLOGUE TO *HEALY PARK*

GRAEME POLE

GREGORY PHILLIPS PICKS HIS WAY through the treeline forest, descends a meadowed slope, and drops his pack near the shore of Snowdrift Lake, one of hundreds in the high country of Banff National Park. Free of the pack's burden after a three-day approach, the mountaineer can at last relax. Tonight he will camp here, and tomorrow explore nearby. He kneels at the water's edge and drinks, scooping the frigid essence in cupped hands.

A pair of Common loons calls. Their voices cascade in liquid echoes across the cirque, a chaotic melody. Ice still clings to the lake's west shore. This is winter's domain; the shade cast by the limestone cliffs that back the cirque is eternal. The pervading chill whispers ice age. Most of the few visitors to Snowdrift Lake do not linger, let alone camp.

His energy drained by the hike and by inclement weather earlier in the day, Gregory studies the scene. In the lull that follows exertion, before outright fatigue claims the senses, perception opens. The boundaries between the physical body and the landscape, and between science, language, and experience, blur. Intellectual barriers fall. Knowledge arrives, carried in the lapping of water, in the caress of the wind, in the cry of a loon. To the fortunate, the knowledge brings insight. To the truly blessed, it imparts meaning.

At Snowdrift Lake, the elements are arranged with utter simplicity: rock, water, ice, snow, sky, sun, and wind. The orchestration is spare, yet so complete, it eludes comprehension. Embellishment, interpretation is required. Gregory notes the activity of birds and squirrels, the remarkable, high altitude presence of a beaver bank burrow, the growth patterns on the meadows and in the forest. These details elevate the landscape in the mind of the observer, to where its totality and perfection begin to register. The wildlife and the plants become the barometers of its well-being. In their interrelationships, they suggest design.

The loons' calling haunts this wilderness cirque, wrongfully implying that all life here is forlorn. When one of the birds runs noisily across the water to take flight, and its wings at last slice the air, something within Gregory desires to escape with it, not wanting to remain without the distraction of its company. But remain, he does. It has taken three days. The wandering mountaineer has entered the landscape.

A few minutes' walk from the lake, unseen by Gregory, two black wolf pups tumble from the mouth of their den. They play amid the spruce, fir, and larch of the stunted, wind-blasted forest, nipping and cuffing each other. From within the den, the yellow eyes of a female wolf scrutinize the pups' every move. She knows her mate will be returning soon, bringing food from a mountain goat carcass where it lies melting out of avalanche deposit at the base of cliffs nearby. Then it will be her turn to leave the den, to pass ghostlike through this landscape.

Downvalley, on a bank of the meandering stream that drains Snowdrift Lake, a cinnamon grizzly bear rips into the sod with both front paws. The ground squirrel colony has fallen silent, each member seeking the subterranean safety of the warren. The bear is a playful hunter, expending more energy in quest of one of the rodents than consumption of the prey can possibly return. After a few minutes, the grizzly gives up the game, climbs away from the creek, saunters over a rise, and disappears into the mystery of myth and magic that is the backcountry of the Canadian Rockies. No telling when the bear will reappear, only that it will be a surprise.

The lake's surface is a tranquil mirror, a second home for the sky. Nothing moves. Brittle sunlight glints off glacier-worn rock, fellfields of rubble, a chaotic mantle of decay. These billions of rocks, nondescript and scattered, are the precious stones, the true jewels of the Canadian Rockies. Life plays out upon them, against them, scarcely leaving a trace. The rocks came from ancient seas, and to the seas of the future, fragment by fragment, they will be returned. The rocks are the code, the language of genesis and transformation in this landscape. They are the perfection, distilled of millennia. All else that moves here is simply momentary witness.

Thursday, June 30; Gregory Phillips' Cabin, Field, BC

A map depicts more than landscape. It is an instrument that connects places in time and in space. You are here, you want to go there. A map shows you how, or perhaps that you cannot.

Sometimes a map is vague, merely hinting at possibilities. Then, your mind and your will must summon a journey into being.

A map is a storehouse, a constellation of pathways, marked and unmarked. A map promotes adventures and sustains them once underway. As it is only a static representation of a landscape, a map cannot entirely predict outcomes. To gaze at a map long enough is to begin to travel. Arrival is never guaranteed, but neither are all destinations intended.

A map is a source of wonder. The convoluted skin of the planet is arrayed in earthen tones: forest green, boulderfield brown, riverine blue, glacial white. The high points and the low points are calibrated. The intervening relief invokes the awesome tectonic forces and the powers of climate that carve homeground from this elemental globe, spiralling through space. The arrangement of the river systems—trellis, dendritic, radial—hints at the underlying geologic structure of a particular place. The depiction of glaciers and deserts, of ancient lake bottoms, of landslides, coulees, canyons and caves, testifies to the permanent and to the fleeting, to cataclysm and to the continuum of cyclic planetary change.

A map is a starting-point for assessing the measure of wild nature. A simple comparison of the lesser extent of urban orange with the greater extent of forest green provides a misleading inventory. Roads and trails, red lines, orange lines, and black, extend across a map as intrusive fingers, siphoning the intangible substance of wilderness, fragmenting it, impeding it, draining its essence toward its counterpoint—the low-lying urban fringes—scattering its resident species farther into the hinterlands. Sometimes, "farther" brings those species closer to urban encroachment on another front, as the noose of intrusion tightens.

Roads and trails on a map appear linear; however, the real nature of their intrusion is multi-dimensional and cumulative. The interface between urban and wild cannot be precisely delineated, cannot be map-depicted. No corner of nature is free from the threat of intrusion if somewhere, at the edges of the map, in the restless urban mind, there exists the will to intrude.

A map invokes history—those who came before, their experiences and discoveries; those who will follow, and what they might yet find. Place names on a map denote settlement and a degree of familiarity; their absence suggests the unknown, or perhaps a collective avoidance. Especially in areas where few people travel, a map is a chronicle of previous human endeavour;

its place names flung like calling cards, snagged on summits and ridges, trapped in canyons and along rivers, washed up on the shores of lakes. If a traveller shares any purpose with those who bestowed the names, a map becomes a beckoning blueprint for discovery.

Among those place names, there will be a few on any map that conjure an amalgam of mystery and longing—place names that promote map-dreaming. For mountaineer Gregory Phillips, Wolverine Lake was such a place. One of the highest lakes in the Canadian Rockies, Wolverine Lake lay concealed in a cirque in the Razorback Range of Banff National Park, Alberta. Walled on three sides by massive limestone cliffs, its outlet stream plunged over a formidable rampart which Gregory called The Wall. At its base, the stream regrouped as the westernmost headwaters of the Torrent River. No trail led to Wolverine Lake. It was not visible from anywhere but the four unnamed summits that ringed its cirque or from its hard-won shoreline. At least that is what Gregory surmised. He had never been to Wolverine Lake. He had only map-dreamed his way there.

A map-dream is a purposeful, imagined journey. Map dreamers shun trails. They formulate a backcountry travel route by studying maps, by assessing the contour lines, by connecting valleys via passes and ridges. Destinations suggest routes of approach. Routes of approach suggest destinations. Map dreamers count the number of days it will take to reach a goal and to return. They fret: Will the route go? Or, four days from the trailhead, will they find themselves at the foot of an unscalable cliff, on the wrong side of an unfordable river, obliged to descend an unmapped glacier, or in a dead end?

Map dreamers chisel away at the collective avoidance of untrammeled landscapes. In their forays, over time, they claim profound knowledge of the land. But most map dreamers choose not to make public that knowledge. They have grasped the implications of human presence in wild landscapes, the derivative effects of unrestrained enthusiasm, the restless urban mind. They have made a pact with the land, and dare not make more vulnerable what precious little remains of wilderness. Besides, why empty the cauldron of possibilities for those who will map-dream tomorrow?

Gregory stood from the rocking chair at the side window in his cabin. Sheets of frigid rain hammered against the glass.

There'll be new snow in the high country.

He shivered, recalling high camps in such weather. But the mountaineer knew that comfort, and the security it implies, is a relative commodity. Whether in a heated cabin in the valley bottom or in a sleeping bag and tent high on a ridge in the teeth of a gale, when compared to any less comfortable option, the shortfalls of a predicament disappear, and its blessings triumph.

The clouds gathered tightly around the tree tops over Field, concealing the mountains that dwarfed the village. The community nestled on the western slope of the Rockies, at the highest elevation of any in British Columbia. The Kicking Horse River flowed past the village, cleaving a magnificent valley between the flanks of Mt. Stephen, south of the river, and Mt. Burgess. For more than a century, Field had been a railway town, a centre for mining and logging, and for park administration. However, from that summer day in 1886 when the first captivated adventurer stepped off a Pacific Overland train onto the station platform, the community had remained a settlement stamped for, and inhabited by, mountaineers and mountain-lovers.

Gregory stretched, resting his fingers on a rough-cut crossbeam in the ceiling. His tall, lean build did not immediately suggest the physique of a mountaineer. It was more typical of a marathoner. In a sense, that was Gregory—a mountain marathoner. What he lacked in sheer strength, he compensated with stamina. He had remarkable abilities to read terrain and to cover it quickly. On uncomplicated ground, with a full pack, the adventurer could churn out a five kilometre per hour pace, all day. Many were the days when he had logged more than thirty kilometres off-trail on his way to and from a summit.

The walls of the cabin showcased photographs of exotic and hard-to-come-by views in the Canadian Rockies: a staircase of rockbound lakes in a high valley; a waterfall leaping from the toe of a glacier, its mists and vapours carried away by the wind, never reaching the ground; a canyon spanned by a natural rock bridge; a lonely cairn, built by the mountain wanderer, on a whaleback ridge of scree; a jagged series of silhouetted, ramp-like peaks, receding like waves, etched against a firesmoke sunset.

None of the features in the photographs bore official names. Even the closest named landmarks were largely unknown. Visitors to Gregory's cabin would study a photograph.

Where's this?

It's out the Ravenswood Valley . . . at the headwaters of a tributary that comes in from the north, just past Buffalo Camp.
Brief, puzzled silence.

Buffalo Camp?. . . Where's the Ravenswood Valley?

It's a solid day's hike from Lake Louise.

Oh . . .

And so it went. It was as if Gregory knew a secret world of rivers, lakes, and mountains. It was as if he navigated using different maps, different dreams.

The cabin-bound mountaineer put on the kettle for tea. As the water began to boil, its sound momentarily drowned out the clamour of rain, drumming on the metal roof. Not even the hard core would take to the hills today, and those already out would be pulling the plug on their trip. Yet the soggy gloom was conducive to the most essential and creative aspect of mountaineering—map-dreaming—and many mountaineers would be practising that craft, Gregory among them. The carpeted floor of his study was littered with topographic maps of the central Canadian Rockies, in particular those that depicted the Front Ranges of Banff National Park.

A map-dream may occupy idle time or usurp other productive time, but never is a waste of time. In his fifteen years in the Rockies, Gregory had map-dreamed his way to hundreds of destinations, and had subsequently visited many. He knew that to map-dream on a rainy afternoon such as this was to plant a seed. When the seed germinated, the dream of a particular journey became reality.

The mountaineer knew of only one person who had negotiated the awesome natural barricade of cliff and high valley that formed the final approach to Wolverine Lake, and that encounter had been brief. Ten years earlier, he had met a solitary hiker in the Ravenswood Valley. Gregory was eastbound on one of his customary solo mountaineering trips. The other hiker was westbound for Lake Louise, evidently concluding a long outing. When Gregory inquired about his itinerary, the reply was delivered in fractured English, with Teutonic overtones.

Well, I start at Banff and walk up the Waterfall Valley. Very nice. Then I walk to Healy Park and follow the Torrent River to Wolverine Lake. From there I make my way to Secret Valley. Lots of rain. And now, I go to Lake Louise.

The hiker had covered more than one hundred and thirty kilometres on the ten-day journey. Although his outing began and ended on well-travelled trails, the central link had followed a route—perhaps had forged a route—through some of the wildest country in Banff National Park. Midway, undoubtedly the catalyst for the journey, was Wolverine Lake.

At the time, the itinerary had surprised Gregory. But it was not until he returned home and examined the maps that its inspirational quality completely registered. The hiker made it sound so casual. But how had he ascended The Wall below Wolverine Lake?

Although the route impressed Gregory, it also disturbed him. The only way that he could describe the annoyance was with a question. Do they also map-dream the Canadian Rockies in Europe?

It was peculiar that from the many hundreds of possibilities for his next backcountry outing, Wolverine Lake now surfaced from the clutter of maps on the cabin floor. Such was the unpredictable legacy of map-dreaming. But the outing, with the rigours of its tricky terrain, would have to wait for the new snow to melt. As the rain hammered harder, Gregory unfolded the Secret Valley map to consider less challenging options, more suited to this temporary return of winter.

THE CHOSEN

JEAN PIERRE GIRARD

translated from French by / traduit du français par
Rachelle Renaud

DOZENS OF THEM GATHERED in the corner opposite the corner where there's water damage. Tonight it's catching time; they don't suspect anything. It's hot, muggy; the fans, strangely, have just stopped. In the hen house there's a silence, damp and heavy. The chickens like the unusual absence of noise.

As usual, the catchers do their dirty work in the dark.

The poor hen, the chosen, thinks her services are probably needed, or that, worst case scenario, they've come to feed her. So she takes a step toward the men wearing gloves. The chosen looks determined.

She's grabbed roughly by the legs, turned upside down, head first, thrown into a cage along with the others, loaded onto the truck, taken away.

*　　*　　*

En route to the next province, the plucked tell themselves they must belong to some special class. They decide to take a nonchalant approach to life, take it with a grain of salt. They go on cheeping, cackling, scratching about, crowing, chattering away, trying to come out on top in the pecking order. For most of them, it's the first real organized trip they've ever taken.

Bumps, potholes, nothing but bumps and potholes, freeways are definitely not what they used to be.

And what happened was no doubt meant to be . . .

A bar of the chosen's cage breaks. The hen falls from the truck, rolls on the pavement, is all alone on what's now called Autoroute Jean-Lesage, dazed, dumbfounded.

The unfortunate little hen runs along the Trans-Canada Highway, heading west, after the eighteen-wheeler that only a moment ago was taking her to the slaughterhouse, running like a lost soul, so touching, but the truck's tail-lights are already disappearing in the wide curve ahead, away in the distance. There's no use.

Out of breath, the chicken stops on the white line, bewildered.

A Bronco II jeep roars by, just missing her. The fowl quickly seeks refuge between the freeway lanes, in the grass fresh cut by the wide blades of the yellow mowers, property of the high and mighty Highways Department. She curls up in the dew and weeps. The salty rivers flowing down her lustrous feathers make narrow paths one would like to follow to get to the wee one's heart and reassure her. A Northern raven (but how did it see? how did it know?) is already circling overhead in the dark sky, thirty metres away.

A few minutes later, a truck like the first is travelling toward the chosen. The hen raises her head—the smell is familiar. She cries, "Cluck? Cluck?" then, "Cluck-Cluck?"

And suddenly she knows.

So she rushes once again, along Highway 20, brave, unaware, mad with hope.

But once again, it's too late. The same wide curve, there, at the end of the world, swallows up the other transport truck. So other sisters are being driven hell-bent to Ontario, to be slaughtered at a cheaper rate. Without her. There's nothing to be done. The chosen is no doubt beside herself with despair.

The Northern raven is fifteen metres away.

A pink Beetle, an old Volkswagen fixed up by some junkie, is behind the truck, as though in its wake, but fairly far behind, really. The hen, standing still, looking sadly westward, not suspecting anything, has her neck nearly severed. Only a few tendons still link the body to the head that's hanging down. Because of an involuntary nervous reaction, she's able to stand for a moment and contemplate in all its splendour—but upside down, because of the way her head is hanging—the wide, wide blue dawn, then she collapses.

Her clawed feet jerk for less than a minute.

Feathers are swept away by the wind.

The few vehicles travelling west cut smoothly across the pool of blood left by the chicken as if it were silk and a bit of the scarlet fluid stays in the grooves of the hot tires. The cars aren't aware, how could they be, that they're spreading far and wide the blood of the chosen. The Northern raven then, in no time flat, a few American crows, dive four or five times and with their beaks pull from the body bloody morsels which they thoroughly and shamelessly enjoy.

Soon, there's only a burgundy-coloured ring and a small clutch of bones scattered over the freeway.

* * *

The old man is squatting in a corner of the hen house. He's taking a crap while trying to figure out how many tons of dung there'll be to pitch out. "Eight days before the next batch," he grunts, "and all this fucking shit."

He'll have to hire some men, then supervise, yell out orders, look mean and aloof. Then he'll have to count, recount, do what it takes to make ends meet while eating away at the profits, no doubt, to replace the old drinking troughs that keep on causing water damage. So much work to get rid of the stench and the shit left by the old hens and make the hen house new again, clean, disinfected, neat as a pin, ready for the next load of chicks.

He takes a flask of *gros gin* out of his pocket, throws back a swig, then another. He puts the flask back in his pocket, looks for a Kleenex, finds one, rolls it up in a ball, wipes himself, gets up.

He checks to see if all the thermostats have been turned down, something his son was supposed to do.

Eight days.

L'ÉLUE

JEAN PIERRE GIRARD

DES DIZAINES REGROUPÉES dans le coin opposé à celui du dégât d'eau. C'est soir de *pogne* : elles ne se doutent de rien. Il fait chaud, il fait las ; les ventilateurs, curieusement, viennent de s'arrêter. Dans le poulailler règne un silence humide et pesant. Les poules apprécient cette singulière absence de bruit.

Les pogneurs profitent de la noirceur, comme d'habitude.

Elle, pauvre élue, se figure qu'au mieux on a besoin de ses services, qu'au pire on vient la nourrir. Elle effectue donc un pas vers les hommes gantés. On la devine résolue, l'élue.

Elle est saisie sans ménagement par les pattes, retournée tête en bas, jetée dans une cage avec des congénères, chargée sur le camion, emportée.

*   *   *

En route pour la province voisine, les plumées se persuadent qu'elles font partie de quelque nomenklatura. Elles décident d'aborder nonchalamment l'existence, de la prendre avec un grain de sel. Elles piaillent, caquètent, picorent, pérorent, jacassent, bref, picossent à qui mieux mieux. Il s'agit, pour la plupart, du premier voyage vraiment organisé de leur existence.

Des bosses, des trous, rien que des bosses et des trous, les voies rapides ne sont décidément plus ce qu'elles étaient.

Ce qui s'est passé devait sans doute arriver…

Un barreau de la cage de l'élue se rompt. Elle tombe du camion, roule sur la chaussée, se retrouve seule sur la désormais baptisée Jean-Lesage, étourdie, ébahie.

Elle court, l'infortunée petite, sur la transcanadienne, vers l'ouest, derrière le dix-huit roues qui un instant plus tôt l'emmenait à l'abattoir, court comme une perdue, c'est émouvant, mais déjà les feux arrières du camion disparaissent dans la grande courbe, loin devant. C'en est fait.

Hors d'haleine, la poule s'arrête sur la ligne blanche, hébétée.

Une jeep *Bronco II* la frôle en vrombissant. La volaille se réfugie rapidement entre les voies rapides, dans l'herbe fraîchement fauchée par les larges pales des tondeuses jaunes du ministère de la Voirie supérieure. Elle se recroqueville dans la rosée et elle pleure. Les rivières salées sur ses plumes lustrées tracent d'étroits sentiers qu'on aimerait emprunter pour gagner le cœur de la petite et la rassurer. Un Grand Corbeau (mais comment a-t-il vu ? comment sait-il ?) tourne déjà dans le ciel noir, à trente mètres.

Quelques minutes plus tard, un camion semblable au premier se dirige vers l'élue. Elle soulève le cou, la petite — l'odeur lui dit quelque chose — elle fait : « Cot ? Cot ? » puis : « Cot-Cot ? »

Et soudainement elle comprend.

Alors elle s'élance à nouveau, sur la 20, gaillarde, insouciante, folle d'espoir.

Mais à nouveau, c'est trop tard. La même grande courbe, là-bas, au bout du monde, avale l'autre remorque. D'autres sœurs roulent donc plein tube vers l'Ontario pour s'y faire abattre à meilleur prix. Sans elle. C'est ainsi. On imagine le désespoir de l'élue.

Le Grand Corbeau est à quinze mètres.

Une coccinelle rose, un vieux modèle Volkswagen retapé par quelque *junkie*, suit le camion, comme dans son sillage, mais assez loin quand même. La poule, immobile, la poule, qui regarde tristement vers l'ouest, la poule, qui ne se doute de rien, a le cou quasiment sectionné. Seuls quelques tendons lient encore au corps la tête qui pend. Ses nerfs la tiennent un moment debout, lui permettent de contempler dans toute sa splendeur — mais à l'envers, à cause de la tête pendante — l'immensité bleutée de l'aube, puis elle s'affaisse.

Les pattes griffues gigotent moins d'une minute.

Des plumes sont balayées par le vent.

Les rares véhicules roulant direction ouest fendent alors comme une soie la flaque de sang de la poule et conservent un peu de l'écarlate liquide dans les rainures de leurs pneus chauds. Elles ignorent, les voitures, elles ne peuvent quand même pas savoir, qu'elles répandent de par le monde le sang d'une élue. Le Grand Corbeau, vite imité par quelques corneilles d'Amérique, fond à quatre ou cinq reprises sur la dépouille pour en arracher de saignantes becquées dont il se délecte sans honte.

Bientôt, il n'y a plus qu'un cerne bourgogne et un petit paquet d'os émiettés sur la route.

*   *   *

Le vieil homme est accroupi dans un coin du poulailler. Il chie en essayant d'évaluer le nombre de tonnes de fumier à sortir. « Huit jours avant l'autre élevage, gronde-t-il, pis toute c'te marde. »

Il lui faudra engager, surveiller les hommes, lancer des ordres, se montrer dur et distant. Ensuite, il faudra compter, recompter, faire que ça arrive en rognant sur le profit, sans doute, pour remplacer les abreuvoirs désuets qui provoquent sans arrêt des dégâts d'eau. Tant de travail, pour effacer les traces puantes du passage des vieilles et faire du poulailler un lieu neuf, intact, désinfecté, immaculé, où débarqueront les poussins.

Il sort de sa poche une flasque de gros gin, s'en envoie une première lampée, puis une seconde. Il retourne le flacon dans sa poche, cherche un papier mouchoir, en trouve un, le roule en boule, s'essuie, se relève.

Il vérifie si tous les thermostats ont bien été, par le fils, réglés à la baisse.

Huit jours.

TRYING HARDER

HENDRIK ROST

translated from German by / traduit de l'allemand
par Breon Mitchell

Our life passed according to a system
for the chosen few; you had to be there.

Not a living soul could deny that the nights
dissolved into day with nothing left over.

All was as it always had been; no, almost better,
as if awaiting its newest incarnation.

INS ZEUG LEGEN

HENDRIK ROST

Unser Leben verlief nach einem System
für Eingeweihte; man hätte dabei sein müssen.

Keine Menschenseele bezweifelt, daß die Nächte
ohne Rest im Tag aufgingen.

Alles war unverändert, nein, beinahe besser,
wie vor der jüngsten Inkarnation.

GALILEO

RAPHAEL URWEIDER

translated from German by / traduit de l'allemand
par Breon Mitchell

herr galileo is the illustrious inventor of
sun moon and stars from an aviary

emerge the mimicked thoughts of
parrots herr galileo gazes through his

made-up telescope observing nightbirds
sleeps by day his dreams invaded by

starbright parrots herr galileo polishes
the lenses of his telescope with shammycloth

and evenings too the parrots repeat
the phrases he does not hear and turns

his thoughts toward the stars what need
has he of parrots herr galileo wipes clean his

gaze with shammycloth invents sun moon
and all their retinue dreams how in

thoughts of nightbirds he makes a wish
by day for a starbright coat of feathers

HERR GALILEI IST DER GROẞE ERFINDER

RAPHAEL URWEIDER

herr galilei ist der große erfinder von
sonne mond und sternen einer vogelvoliere

entspringen die gelernten gedanken der
papageie herr gelilei blickt durch sein

erdichtetes fernrohr er beobachtet nachtvögel
schläft tagsüber ihm kommen sternfarbene

papageie in die träume herr galilei putzt
die linsen des teleskops mit hirschleder

auch abends wiederholen sich die parolen
der papageie er hört sie nicht und richtet

seine gedanken nach den sternen was braucht
er da papageie herr galilei reinigt seinen

blick mit hirschleder erfindet sonne mond
und deren gefolgschaft träumt wie in

gedanken von nachtvögeln er wünscht
sich tagsüber ein sternfarbenes federkleid

EDISON

RAPHAEL URWEIDER

translated from German by / traduit de l'allemand par Breon Mitchell

what do you listen to herr edison where do you speak from
who will you record herr edison how do you plan

to follow the soundtrack what do you hold to your ears
herr edison what voices do you know and just why

are you putting up sound preserves herr edison to
whose ears will they find their way when you stack them

in your little room what does the wax record so coolly
stored in your little back room and where are

whose greetings being sent thomas alva edison
to what sounds do you grant refuge in the tranquil wax

preserved in that little polyphonic back room who
speaks to you into their own ears from devices amid

the warmly glowing tubes of their own world from the cool
wax where are you headed along that soundtrack

herr edison how silent will it be in your little room
what will you hear when

WO HÖREN SIE HIN HERR EDISON

RAPHAEL URWEIDER

wo hören sie hin herr edison wo klingen sie her
wen werden sie registrieren herr edison wie wollen

sie der tonspur nach was halten sie sich vor ohren
herr edison welche stimmen kennen sie weshalb

konservieren sie die tonkunst herr edison zu
wessen ohren gerät diese wenn sie sie stapeln

in ihrer kammer was zeichnet wachs auf kühl
gelagert in ihrer hinterkammer wohin werden

wessen grüße gesendet thomas alva edison
welchem laut geben sie asyl in ruhigem wachs

in vielstimmiger hinterkammer konserviert wer
spricht sie an vor eigenen ohren aus geräten unter

warmen glühbirnen eigener welt aus kühlem
wachs heraus wohin gehen sie der tonspur nach

herr Edison wie still wird es in ihrer kammer
was hören sie wenn

PAST AND FUTURE

JORGE CARRIGAN

translated from Spanish by / traduit de l'espagnol par
Marie-Catherine Chiasson

PAST WAS A SKEPTICAL, pessimistic old man who was convinced there was no point attempting anything, the kind who, when spoken to of honour, glory or greatness, makes a face capable of convincing you that these things mean very little to him. He believed and freely said that the world is a vicious circle in which talent is poisoned, wonders are frightened away and passions commit suicide. Future, on the other hand, was different. He was young and strong and was always prophesying wonderful adventures ahead for everyone. He was the type of person who saw a hero in each of his fellow beings and travelled the world wearing a broad grin, saying "you can do it" to every person he met. People loved and respected him.

Time passed.

Future found out that in order for people to believe in someone, that someone has to make at least one of his prophecies come true. He noticed that everyone was beginning to eye him with mistrust. That night he looked at himself in the mirror and saw that he had aged, that he was no longer as strong as he used to be.

The next morning, with the situation at its most critical and his followers on the verge of mutiny, he decided to make the leap. Future declared he would become present and thus ensure the realization of all his predictions.

Activities ceased in expectation of the change . . . but it wasn't enough. Future managed to become present only for a moment, too short a time to fulfill any of his promises. Poor Future didn't know that the decision to become present entails the risk of being changed into past.

So he headed out toward his former enemy's land, with his head bowed and a look in his eyes that people have since taken to calling disillusionment.

And they say that over there, on the outskirts, lives another man who calls himself Future and has enough charm to make people believe in him.

PASADO Y FUTURO

JORGE CARRIGAN

PASADO ERA UN VIEJO escéptico, pesimista, convencido de que no vale la pena intentar cualquier cosa; de esos que cuando les hablas de honor, de gloria o de grandeza hacen una mueca capaz de convencerte de que esas cosas le importan muy poco. Él pensaba, y lo decía sin reservas, que el mundo es un círculo vicioso donde el talento se envenena, las maravillas se espantan y las pasiones se suicidan. Futuro, sin embargo, era diferente. Era joven y fuerte y empleaba todo su tiempo en hacer profesías y augurar a los demás hermosas aventuras. Era de esos tipos que en cada uno de sus semejantes ve a un héroe, y que van por el mundo con una sonrisa amplia diciendo a cada hombre: "Tu puedes hacerlo", y la gente le quería y le respetaba.

Y pasó el tiempo.

Futuro supo entonces que para que la gente crea en un hombre, éste tiene que ser capaz de convertir en realidad por lo menos una de las cosas que ha profetizado. Y vio que todos comenzaban a mirarlo con recelo. Esa noche se miró al espejo y pudo comprobar que había envejecido, que ya no era tan fuerte.

A la mañana siguiente, en el momento en que la situación era más crítica cuando todos sus seguidores estaban a punto de amotinarse, decidió dar el salto mortal. Futuro declaró que se convertiría en presente y de ese modo sus vaticinios se harían realidad.

Se detuvieron las acciones en espera del cambio... pero fue insuficiente. Futuro consiguió ser presente solo un instante, demasiado breve para cumplir aunque fuera uno solo de sus augurios. No sabía, el pobre, que decidirse a ser presente encierra el riesgo de convertirse en pasado.

Marchó entonces a los predios de su antiguo enemigo, con la cabeza baja y algo en la mirada a lo que la gente suele llamar, desde aquel día, desilusión.

Y cuentan que allá, en las afueras, vive otro hombre, que dice llamarse Futuro, y que tiene el encanto suficiente para que los hombres crean en él.

NOSES

JORGE CARRIGAN

translated from Spanish by / traduit de l'espagnol par
Marie-Catherine Chiasson

JUSTIN IS ONE OF THOSE PEOPLE who can't see beyond the end of his nose. Fortunately, he has a very long nose. For example, if he wants to see the morning birds that sing in the park, he just has to lift his nose toward the sky and there are the birds singing away, or if he wants to see the waves crashing against the rocks, all he has to do is point his nose toward the horizon, and there they are. Nevertheless, he is still one of those people who can witness sublime or terrible events without ever realizing what has actually occurred. There are things Justin has never been able to discover; they seem to inhabit a territory he has not managed to fit between his eyes and the end of his nose.

NARICES

JORGE CARRIGAN

JUSTIN ES DE ESOS HOMBRES que no ven más allá de sus narices. Pero sucede que éste, afortunadamente, tiene una nariz muy larga y si, por ejemplo, quiere ver las aves que cantan de mañana en el parque, sólo tiene que elevar la nariz al cielo y ahí están los pájaros cantando; o si quiere ver las olas rompiendo contra los rocas de la costa no tiene más que dirigir su nariz hacia el horizonte y asunto concluido. Sin embargo, él sigue siendo de esos tipos que pueden ser testigos de cosas sublimes o terribles sin percatarse de lo que en realidad ha sucedido, y puede decirse que hay cosas que Justin no ha podido conocer porque se encuentran, al parecer, en un territorio que él no ha conseguido meter entre sus ojos y sus narices.

GEOMETRY

JORGE CARRIGAN

translated from Spanish by / traduit de l'espagnol par
Marie-Catherine Chiasson

IN THE BEGINNING WAS a single, immense point in space made up of an infinity of small points. But one night an explosion occurred, and all the particles went flying with tremendous force in all directions. They formed a huge constellation that began to move, self-destruct and regroup across millennia, creating the planetary systems and everything in them.

That is how the universe came into being.

Since then, the explosions and the reorganization of matter have never ceased.

Geometry came along much later to explain the relationship between points in space. It named these points according to conventions created by the scholars of that science without recognizing that the dynamics of the cosmos are really based on the ever-changing affinities of points that were once a single, immense point in space.

So, when you see a star, a planet, a mountain or a man, it means that several million points are still clustered together awaiting the next explosion.

GEOMÉTRICA

JORGE CARRIGAN

AL PRINCIPIO ERA un único e inmenso punto en el espacio, formado por infinidad de pequeños puntos. Pero cierta noche se produjo una explosión y las partículas salieron despedidas con gran fuerza en todas direcciones, formando una gran constelación que comenzó a moverse, destruyéndose y reagrupándose, de milenio en milenio, para formar los sistemas planetarios y todo cuanto hay en ellos.

Así surgió el universo.

Desde entonces las explosiones y la reorganización de la materia no han cesado.

La geometría apareció mucho después para explicar la relación que existe entre los puntos en el espacio, nombrándolos de acuerdo a convenciones creadas por los estudiosos de esta ciencia, sin reconocer que la verdadera razón de la dinámica del cosmos se basa en las afinidades, siempre cambiantes, de los puntos que alguna vez fueron un único e inmenso punto en el espacio.

De modo que cuando usted vea una estrella, un planeta, una montaña o un hombre, significa que varios millones de puntos permanecen agrupados aún, en espera de la próxima explosión.

CREATION

JORGE CARRIGAN

translated from Spanish by / traduit de l'espagnol par
Marie-Catherine Chiasson

DAWN BREAKS.

The original forest is a constant flutter of wings moving among the vegetation. The sun slowly makes its way to the centre of the sky. The first woman of the universe roams the woods. She is obviously in heat. There is no male to fecundate her. Tired, she stretches out on the carpet of leaves, next to the phoenix-shaped boulder. She sleeps. It is the afternoon of the first day. A viscous liquid runs from between her legs and wets the earth. The woman wakes before sunset, rises and sets out.

Night falls.

The original forest sounds the first bars of its nocturnal concert. The moon slowly makes its way to the centre of the sky. The first man of the universe roams the woods. He is obviously in heat. There is no female to fecundate. Tired, he stretches out on the carpet of leaves, next to the phoenix-shaped boulder. He sleeps. It is the night of the first day. A viscous liquid runs from between his legs and wets the ground. The man wakes before dawn, rises and sets out.

Dawn breaks.

The original forest is a constant flutter of wings. From the ground timidly begins to sprout the first and only tree of man in history.

CREACIÓN

JORGE CARRIGAN

AMANECE.

La selva original es un constante revoloteo de alas que se mueven entre la vegetación. El sol sube lentamente al centro del cielo. La primera mujer del universo vaga por la selva. Evidentemente está en celo. No hay macho para fecundarla. Cansada, se tiende sobre la alfombra de hojas, junto a la roca que semeja un pájaro de fuego. Duerme. Es la tarde del primer día. Entre sus piernas corre un líquido viscoso que moja la tierra. Antes del ocaso se despereza, se levanta y echa a andar.

Anochece.

La selva original deja escuchar los primeros compases de su concierto nocturno. La luna sube lentamente al centro del cielo. El primer hombre del universo vaga por la selva. Evidentemente está en celo. No hay hembra para fecundar. Cansado, se tiende sobre la alfombra de hojas, junto a la roca que semeja un pájaro de fuego. Duerme. Es la madrugada de la primera noche. Entre sus piernas corre un líquido viscoso que moja la tierra. El hombre se despereza antes del amanecer, se levanta y echa a andar.

Amanece.

La selva original es un constante revoloteo de alas. De la tierra comienza a nacer, tímidamente, el primero y único árbol de hombres de la historia.

BRIEF BIOGRAPHY

ROBERT

translated from French by / traduit du français par
Ray Ellenwood

I was just eleven when my father died
But that man knew my soul, and filled an aching void
By willing me the treasure of his many books.
All I ever learned on how to live I took
From leafing through those pages. Among the volumes left
Was one he'd dedicated to his now bereft
Wife, my mother: Dantin's Works of Nelligan.
As I read the book, my mourning eyes still ran
With tears. "Before Two Portraits of My Mother" showed
That I had found within these poems a kindred soul,
An echo of my heart. There in the dream-like world
Of Nelligan were all my fears, in lyric words.
All my shy, sad doubts of youth had found
Their true expression in the simple shape and sound
Of verses sung by this great soul of innocence,
My own moods well expressed, my very sentiments:
The hopeless passion of a "Shepherd Girl" I strove
To make into my own imagined stillborn love.
My teeming heart, at less than twenty years, it seemed,
Would wilt and smother in the gardens of my dreams.
With you, my brother Nelligan, I've wept and sung
A "Melancholy Serenade"; and then on one
"Winter Evening" heard a soul of purest light
Cry out in prayer. I was drunken at the sight
Of all your frozen ponds, and still I feel your frost
On gardens, all your pain. None to me is lost.

Statistics Canada one day requested through
A civil servant that I tell them what I do
To make a living. My answer as I simply put it:
"Well, Sir, I'm proud to say, I am a poet."

NOTICE BIOGRAPHIQUE

ROBERT

J'avais à peine onze ans lorsque mon père est mort,
Mais, pour combler ce trou, j'héritais d'un trésor.
Car connaissant mon âme, il me léguait ses livres,
Et c'est en feuilletant que j'ai appris à vivre.
Je trouvai, en fouillant parmi les vieux bouquins,
Un ouvrage avec préface par Louis Dantin,
Et offert par mon père à ma mère, sa veuve :
Un livre intitulé *Nelligan et son œuvre.*
Les yeux encore mouillés, devant ce livre ouvert,
Je découvris « Devant deux portraits de ma mère ».
Je venais de trouver un écho dans mon cœur,
Je venais de trouver enfin une âme sœur.
Dans l'univers rêvé d'Émile Nelligan,
Mes effrois s'exprimaient en un style élégant.
Mes angoisses gênées de jeune adolescent
Discernaient dans les vers de ce grand innocent
Les mêmes états d'âme et pareils sentiments,
Que le poète, lui, exprimait simplement :
L'amour triste d'une « Bergère » imaginée
Que j'aimais d'un amour mort avant d'être né.
Aux jardins de mes rêves, mon cœur débordant
Étouffait et pourtant je n'avais pas vingt ans.
Avec toi, Nelligan, mon ami, mon complice,
Je pleurais et chantais la « Sérénade triste ».
Une âme pure et claire, inondée de lumière,
Un « Soir d'hiver », adresse un cri, une prière.
Tous tes étangs gelés, tous tes jardins givrés,
Ah ! comme ta douleur m'enivre et m'enivrait !

Et lorsqu'un fonctionnaire un jour me demanda
De répondre pour Statistiques Canada
À la question « Pour vivre, qu'est-ce que vous faites ? »
Je dis avec fierté « Monsieur, je suis poète. »

CHRISTMAS EVE

HÉLÈNE RIOUX

translated from French by / traduit du français par
Jonathan Kaplansky

SHE HAS THOUGHT OF SOMETHING. This year, on Christmas Eve, she would like to have a few people over. He sets down his briefcase on the coffee table. He has just come in from the office. He answers that yes, it's an idea worth considering. November 24. There's still a good month left to organize it all.

The next day, he says he spoke with Perron and that, as it turns out, they have nothing planned for Christmas Eve. "We could concoct a nice little meal, a simple, elegant menu, poached salmon, perhaps. With beurre blanc or sorrel sauce. The Perrons could take care of the wine. What do you say, honey?" She makes a face. "The last time, remember, that idiot drank all my vodka," she answers. He is surprised; it is unlike her to be vindictive. All their friends admire her heart of gold, concur that generosity is one of her finest qualities. So why attach any importance to the dregs of a vodka bottle? That incident occurred months ago. She explains that she had planned something a bit more light-hearted, even exciting. She wanted to buy streamers, salsa and merengue CDs. So an evening with the Perrons is not exactly her idea of a celebration, she concludes. They're about as exciting as a rainy day. And even rain can be comforting at times. Especially on Sundays in autumn, with a cat purring by the fire. Diplomatically he decides to ignore this allusion. "What grates on me is that you men always end up talking shop," she continues. "And me, with . . . what's her name again?. . . Oh yes, with Carole, we don't have much in common, you must have noticed. Once we're done exchanging recipes, we've run the gamut of conversational topics." The project is put on hold.

On December 3, she's more determined than ever. She definitely wants a Christmas Eve celebration, will not budge. With a lot of people. Look, she's made a guest list: Léa and Iaroslav, her new Bulgarian lover; Bernadette and her three children; Dédé and Pablito. And the Perrons of course, because it's important to him.

He would rather postpone the discussion until tomorrow. It's already after midnight; he was going to bed. He has a big day tomorrow; he has to meet with the assistant deputy minister. If he manages to convince him, the office has a chance of scooping that fabulous contract. A few million are at stake, he specifies, which they certainly need. "Do you realize, sweetheart, that this meeting is a huge responsibility for me? The whole office is counting on me."

She insists; she does not want to argue, just find out what he thinks before sending out invitations. He assumes a rather doubtful expression. The group seems to him a rather odd assortment, he ventures. It is true, a single parent with her kids, two rather flamboyant gay men, a straight couple. "Léa is all right, but I'll bet that Iaroslav doesn't speak a word of French."

"You're wrong on that score, he's taking French courses for immigrants given by the province. Has the most adorable accent. How much did you say you were betting? . . . But enough chitchat. You want to go to bed, I know. So listen, I thought a traditional meal, turkey with stuffing, tourtière, fruitcake . . . Outrageously heavy, you'll say, and too much meat, but I say that just this once won't hurt. And a Christmas Eve like that would be a first for Iaroslav and Pablito. For Bernadette's children as well. We'd be like an extended family."

Since it is so important to her, he does not object, he says resignedly. However, he does think that she should also make a salad, perhaps citrus fruit, to serve in between the tourtière and the turkey, to lighten things up. He quite likes pink grapefruit. Or perhaps a tea-flavoured sherbet to help ease the digestion? If they are going to lighten things up, she replies, they could replace the pork in the tourtière with chopped vegetables, leeks, carrots and turnips. He frowns; such a breach of tradition does not bode well. While they're at it, they may as well swap the turkey for tofu. She scowls. He doesn't stand a chance of winning her over with that type of humour. From now on, she will not even bother to consult him if he is going to be uncooperative. He turns on the radio, she leafs through her cookbooks. Half an hour goes by. She jots things down in a notebook, he turns off the radio and turns on the television for the news. During the sports broadcast, he thinks of something that is bothering him about the party. Has she thought of games for the children? If not, he's afraid that they'll be bored with all those adults they don't know.

On December 5, he says that he's thought it over and doesn't find turkey all that appealing. They'll be stuck eating the leftovers for weeks. Why not choose a more original dish, guinea hen with Port or Peking duck? She replies that the thought of cooking duck nauseates her. The bird is too lovable, too endearing. And Peking duck, does he realize? It requires hours and hours of preparation. Will he even help her? And where are they going to find the guinea hens? Certainly not in the grocery stores in their neighbourhood.

Three days pass. She informs him that Léa has a depressed friend who is all alone for the holidays. Her husband has just dumped her. Her mother died of cancer last summer; first cancer of the breast, then it spread. Her father, like most men, alas, quickly found solace; he is hibernating in Florida with a new fiancée twenty years his junior. And she has no children—a botched abortion has left her sterile. He murmurs that, at any rate, the guy must be past the age of procreation. "I'm not talking about the fiancée. It's Léa's friend who is sterile. I suggested she bring her. After all, one more guest won't make much difference, there's always too much food. Okay with you?" He looks disillusioned. He has long since realized that whether or not it is okay with him does not carry a great deal of weight. She forges ahead. "Since we're ruling out turkey and duck, what would you say to a good beef stroganoff served with fresh pasta and snow peas that I'd set out fan-shaped? I could place a miniature tomato cut in half on each plate for colour. For dessert, a yule log, no, a chestnut mousse. In my cookbook, they call it a Mont Blanc. It sounds mouth watering. Now there's a menu likely to please everyone . . . Do you have a suggestion for the first course?" He says no.

On December 10, he asks her if it wouldn't be better to have a buffet. "Everyone brings a dish, see? A lot less work for us." Out of the question. She had been dreaming of a lavish meal with everyone seated at the table, with candles in the middle, fine china, silver. It would be an opportunity to take her great aunt's service out of moth balls. They never use it. In any case, it grates on her to have to bring food when she is invited out to dinner. "It was just a suggestion," he sighs. Because the idea grates on her, he will come around to her point of view.

Speaking of dishes, she saw a magnificent set of Limoges china in the window of the new antique shop on the corner. With tiny blue and yellow birds, a silver border. It would look really pretty on the damask tablecloth. "Shall we buy it? I inquired; you'll shriek of course when you hear the price, but I swear it's reasonable. A real bargain, in fact, when you compare it with what they sell in the department stores. We could inaugurate it on Christmas Eve." But he thinks that with three kids at the table Limoges is just too risky. Even the damask tablecloth will be stained, he would swear to it.

The next morning she looks absolutely shattered. "I've calculated. You know that with Léa's friend, we'll be thirteen at table?" He protests; that's all superstition. She does not wish to tempt fate, however. The same thing happens when she sees a ladder; she never walks under it, he knows full well. Only black cats pass muster with her. Thirteen at table, he's not seriously considering it! "One of the guests could die in the year. I don't want to make them run that risk." He suggests dropping Bernadette and her children, who do not really fit in with that crowd, or else the depressed girlfriend whom, in any case, they don't know from Adam or Eve. Too late, she interrupts. Everyone's already accepted, all of them. No turning back now.

He leaves for work. She has about forty phone calls to make. A survey on what Christmas gifts are in that year. Coming home, he declares the problem settled. Stéphane breezed into the office, just back from his mission to Senegal and has promised to stop by on December 24. "Only for dessert, because he has to spend part of the evening with his daughter. But at least we'll be fourteen for part of the meal. Happy?"

"Fantastic . . . We'll open the gifts over hors d'oeuvres. I just hope they'll think to bring some. Gifts, I mean."

Surely she is not intending to give gifts to each of the guests? This is the first he's heard of it. She's going overboard. At that rate she will ruin them.

She has already bought them, she tells him. At the Dollar King. Just a little something, purely symbolic, to put under the tree, to make it gay . . . "You know that some men still like to receive ties? But most said computer games and CDs. And the women are divided between bath products and exotic cookbooks. Discouraging, isn't it, such a lack of originality?"

He is dumbfounded.

It doesn't matter if he bought her bath gel, like last year, she reassures him, seeing his dismay. He is forgiven in advance.

Deep down, she's not as original as all that. To even the score, she'll give him a tie, a macrame tie.

Speaking of cookbooks, she found a recipe for Christmas punch. Vodka, cranberry juice and grenadine. Add three drops of Cointreau, garnish with orange slices and voilà! He is less than thrilled. People always get sick from that sweet stuff.

Two problems arise on December 15. She has learned that Léa's girlfriend is a vegetarian. They will have to reset the menu. And he just remembered that the Perrons are extremely intolerant of smokers. "We can't very well send Léa to the balcony to smoke her Gauloises! And Pablito, with his cigarillos? And even you smoke like a chimney at that type of occasion." He's afraid the evening will turn sour. She is, too. Besides, Perron always makes unpleasant sexist jokes after he's had one drink too many. Bernadette will be ready to scratch his eyes out, no doubt. He grumbles that he doesn't really find radical feminists any funnier. Not surprising that her husband took off. "She was never married," she retorts, a hint of impatience in her voice. "Each of the three children was sired by someone else. I just hope you don't put your foot in your mouth on December 24." Sired, really! He throws his arms in the air! If there is one word he hates, that's it.

The next day she asks if chestnuts are considered nuts. "Because Fanny is allergic."

"Who's Fanny?" he asks. "A new guest?"

"Bernadette's youngest, you know very well, darling. All in all, I think I'd rather make a yule log, no, a chocolate fondue. Everyone likes that."

On December 20, she buys a Berger Lamp that absorbs the smoke. A genuine one. The oil releases a light fragrance of cinnamon, it smells like Christmas. She hopes the Perrons will display a minimum of tolerance. He tells her not to worry. "Everything will be fine, you'll see. I have faith." As for the menu, he suggests two lasagnas, one for the meat-eaters, the other for the vegetarians. That's an idea, she approves without too much enthusiasm. As for dessert, he warns her to be careful with chocolate. Certain brands contain traces of nuts. She had better read the list of ingredients carefully. Come to think of it, a yule log wouldn't be a bad idea either, he says. They could even order it. He thinks that the bakery at the corner must make excellent ones. She had not thought of it, but he is right, the dessert was like a thorn in her side. She will take care of it tomorrow morning. "One problem solved," she sighs, relieved.

On the evening of December 23, the phone rings. "You'll be pleased," he says, after hanging up. Perron has cancelled. His mother-in-law had a stroke and is in a coma. She's in the hospital in Alma, in intensive care. They have to leave immediately." Oh, but that doesn't suit her at all, because in the end Stéphane decided to bring his daughter. "So?" he is surprised.

"So if the Perrons don't come, with Stéphane's daughter, we'll end up being thirteen at table."

He says he can't take it anymore. She herself is on the point of cancelling.

On December 24, at ten in the morning, in an aisle in the grocery store, she has a brainwave. "Roméo!" she cries. He stops pushing the cart, and looks at her, taken aback. "Roméo?"

"Yes, Roméo, you know, Dédé's dog."

"You don't really intend to feed that insufferable poodle at the table?" he counters.

"What do you mean, insufferable? I thought you liked poodles. And Roméo has very good manners. Admit it would be fun."

But he digs in his heels. If she invites that dog, he'll go eat in a restaurant. Without a reservation? On Christmas Eve? She finds him quite optimistic.

"Roméo will eat the first course with us at the table, then we'll put him in the manger," she suggests, to mollify him. "He can play the sheep."

"What manger?"

"Well, it's simple. You'll just have to make one while I make the cranberry punch."

LE RÉVEILLON

HÉLÈNE RIOUX

ELLE A PENSÉ À QUELQUE CHOSE. Cette année, à Noël, elle a envie d'inviter des gens pour le réveillon. Il dépose son attaché-case sur la table à café. Il vient de rentrer du bureau. Il répond que oui, c'est une idée qui mérite réflexion. Le 24 novembre. Il reste un bon mois pour organiser tout ça.

Le lendemain, il dit qu'il a parlé avec Perron et que, justement, ils n'ont rien de prévu pour la veille de Noël. « On pourrait concocter un petit repas sympathique, un menu à la fois simple et raffiné, du saumon poché, peut-être. Avec un beurre blanc ou une sauce à l'oseille. Les Perron se chargeraient du vin. Qu'est-ce que tu en dis, ma poupée ? » Elle fait la moue. « La dernière fois, tu te rappelles, cet abruti a bu toute ma vodka », répond-elle. Il s'étonne : elle n'a pas coutume de se montrer vindicative. Tous leurs amis l'admirent pour son cœur d'or, ils s'entendent pour reconnaître que la générosité est une de ses plus grandes qualités. Alors, quelle importance peut-elle accorder à ce malheureux fond de bouteille de vodka ? Il y a des mois que l'incident s'est produit. Elle explique qu'elle avait prévu quelque chose d'un peu plus léger, voire folichon. Elle voulait acheter des serpentins, des disques de salsa, de merengue. Alors une soirée avec les Perron, ça ne correspond pas vraiment à l'idée qu'elle se fait d'une fête, résume-t-elle. Ils sont ennuyeux comme la pluie. Et encore, la pluie, des fois, ça peut avoir quelque chose de réconfortant. Surtout le dimanche, en automne, avec un chat qui ronronne au coin du feu. Il juge plus diplomate d'ignorer cette allusion. « Ce qui m'horripile, c'est que vous, les gars, vous finissez toujours par parler boulot, reprend-elle. Et moi, avec… comment elle s'appelle, déjà ?… Ah ! oui, avec Carole, je n'ai pas grand-chose en commun, tu as bien dû t'en rendre compte. Une fois qu'on a fini d'échanger nos recettes, on a épuisé tous les sujets de conversation. » Le projet reste sur la glace.

Le 3 décembre, elle revient à la charge. Elle veut absolument un réveillon, elle n'en démord pas. Avec beaucoup de monde. Tiens, elle a préparé la liste des invités. Léa et Iaroslav, son nouvel amant bulgare, Bernadette et ses trois enfants, Dédé et Pablito. Et les Perron, bien sûr, puisqu'il y tient. Il préférerait remettre la discussion à demain. Il est déjà minuit passé, il allait se coucher. Demain, une grosse journée l'attend : il doit rencontrer le sous-ministre adjoint. S'il réussit à le convaincre, le bureau a de fortes chances de rafler ce contrat mirobolant. Quelques millions sont en jeu, précise-t-il, ils en ont bien besoin. « Tu te rends compte, ma douce, que pour moi ce rendez-vous représente une très lourde responsabilité ? Tout le bureau compte sur moi. » Elle insiste : elle ne veut pas discuter, mais simplement connaître son opinion avant de lancer les invitations. Il prend un air dubitatif. Le groupe lui semble pour le moins hétéroclite, risque-t-il. C'est vrai : une monoparentale avec ses flos, deux homos passablement efféminés, un couple *straight.* « Léa, passe encore, mais ce Iaroslav, je parie qu'il ne parle pas un mot de français.

– Là, tu te trompes, il suit des cours dans un cofi. Et il a un accent adorable. Combien as-tu dit que tu gageais, déjà ?... Mais trêve de trivialité. Tu veux aller te coucher, je sais. Alors, écoute : j'ai pensé à un repas traditionnel, dinde farcie, tourtières, gâteau aux fruits. Outrageusement lourd, tu me diras, et même excessivement carnivore, mais je te répondrai qu'une fois n'est pas coutume. Un réveillon comme ça, ce serait une première pour Iaroslav et Pablito. Pour les enfants de Bernadette aussi. Nous ferions semblant d'être une famille élargie. »

Puisqu'elle y tient tant, il n'est pas contre, se résigne-t-il. Il croit néanmoins qu'elle devrait aussi préparer une salade, d'agrumes peut-être, à servir entre la tourtière et la dinde, pour alléger. Il aime bien les pamplemousses. Sinon, un sorbet au thé qui facilite la digestion. S'il s'agit d'alléger, répond-elle, dans la tourtière, elle pourrait remplacer le porc par un hachis de légumes, poireaux, carottes, navets. Il fronce les sourcils : un tel accroc à la tradition ne lui dit rien qui vaille. À ce compte-là, pourquoi ne pas troquer la dinde contre un plat de tofu ? Elle se renfrogne. Qu'il n'espère pas lui arracher l'ombre d'un sourire avec ce type d'humour-là. Désormais, elle se passera de son avis s'il ne veut pas coopérer. Il allume la radio, elle feuillette ses livres de recettes. Une demi-heure passe ainsi. Elle prend des notes dans un carnet, il éteint la radio et allume la télé pour le bulletin d'information. Pendant les nouvelles du sport, il pense à quelque chose — un aspect de la réception le préoccupe. A-t-elle prévu des jeux pour les enfants ? Sinon, il craint qu'ils ne s'ennuient avec tous ces adultes qu'ils ne connaissent pas.

Le 5 décembre, il dit qu'il a réfléchi et que la dinde, ça ne lui sourit pas vraiment. Ils vont devoir bouffer les restes pendant des semaines. Pourquoi ne pas opter pour un plat original, une pintade au porto, un canard laqué ? Elle répond que la perspective de faire cuire un canard la révulse. C'est trop attachant, trop attendrissant, cet oiseau-là. D'ailleurs, laqué, il ne se rend pas compte ! Ce sont des heures et des heures de préparation. Va-t-il seulement l'aider ? Et puis la pintade, où vont-ils la dénicher ? Certainement pas dans les épiceries du quartier.

Trois jours passent. Elle lui annonce que Léa a une copine déprimée qui est toute seule pour les fêtes. Son conjoint vient de la plaquer. Sa mère est morte du cancer l'été dernier : d'abord le sein, puis ça s'est généralisé. Son père, comme la plupart des hommes, hélas, s'est vite consolé : il hiberne en Floride avec une nouvelle fiancée qui a vingt ans de moins que lui. Et elle n'a pas d'enfant — elle est stérile à la suite d'un avortement qui a mal tourné. Il marmonne que, de toute façon, ce bonhomme doit avoir passé l'âge de procréer. « Je ne te parle pas de la fiancée. C'est la copine de Léa qui est stérile. Je lui ai proposé de l'amener. Après tout, une convive de plus ne changera pas grand-chose, il y a toujours trop à manger. Tu es d'accord ? » Il prend un air désabusé. Qu'il soit d'accord ou non ne pèse pas très lourd dans la balance, il le sait depuis longtemps. Elle poursuit sur sa lancée. « Puisqu'on élimine la dinde et le canard, que dirais-tu d'un bon bœuf Stroganoff accompagné de pâtes fraîches et de pois mange-tout que je disposerais en éventail ? Je mettrais une tomate miniature tranchée en deux dans chaque assiette, pour la couleur. Pour dessert, une bûche, non, une mousse aux marrons. Dans mon livre de recettes, on appelle ça un mont-blanc. Et ça m'a l'air succulent. Voilà un menu qui a des chances de plaire à tout le monde… Pour l'entrée, tu as une suggestion ? » Il dit que non.

Le 10 décembre, il se demande si la formule d'un buffet ne serait pas préférable. « Tout le monde apporte un plat, tu vois ? Comme ça, il y a beaucoup moins de travail pour nous. » Pas question. Elle avait rêvé d'un repas plantureux, autour de la table, avec des bougies au centre, la belle vaisselle, l'argenterie. Ce serait une occasion de sortir des boules à mites le service qui lui vient de sa grand-tante. Ils ne l'utilisent jamais. Quoi qu'il en soit, elle, ça la hérisse d'être obligée d'apporter son sandwich quand on l'invite à souper. « Ce n'était qu'une suggestion », soupire-t-il. Puisque la perspective la hérisse, il se range à son avis.

À propos de vaisselle, elle a vu un magnifique service en porcelaine de Limoges dans la vitrine du nouvel antiquaire, au coin de la rue. Avec des oiseaux minuscules, bleus et jaunes, une bordure argentée. Ce serait vraiment joli sur la nappe en damassé. « Si on l'achetait ? Je me suis informée : tu vas évidemment hurler en entendant le prix, mais je te jure que c'est abordable. Une véritable aubaine, en fait, quand on compare à ce qui se vend dans les grands magasins. On pourrait l'étrenner au réveillon. » Mais il trouve qu'avec trois enfants à la table, c'est trop risqué, la porcelaine de Limoges. Même la nappe en damassé va être tachée, il en mettrait sa main au feu.

Le lendemain matin, elle arbore une mine catastrophée. « J'ai calculé. Tu sais qu'avec la copine de Léa, nous serons treize à table ? » Il proteste : superstitions, tout ça. Elle ne veut pourtant pas tenter le sort. C'est pareil quand elle voit une échelle : elle ne passe jamais dessous, il le sait bien pourtant. Seuls les chats noirs trouvent grâce à ses yeux. Treize à table, il n'y songe pas sérieusement ! « Un des convives pourrait mourir dans l'année. Je ne veux pas leur faire courir ce risque. » Il suggère alors de laisser tomber Bernadette et ses enfants, qui ne cadrent pas vraiment dans cette assemblée, ou bien la copine déprimée que, de toute façon, ils ne la connaissent ni d'Ève ni n'Adam. Trop tard, soupire-t-elle. Ils ont déjà tous accepté. On ne peut plus revenir en arrière.

Il s'en va travailler. Elle, elle a une quarantaine de coups de fil à donner. Un sondage sur les cadeaux de Noël qui ont la cote d'amour, cette année. Au retour, il annonce que le problème est réglé. Stéphane est passé en coup de vent au bureau. Il vient de rentrer de sa mission au Sénégal et il a promis de venir faire un tour le 24 décembre. « Seulement pour le dessert parce qu'il doit quand même passer une partie de la soirée avec sa fille. Mais, au moins, nous serons quatorze pendant une partie du repas. Tu es contente ?

– Fantastique… On déballera les cadeaux en mangeant les canapés. J'espère seulement qu'ils vont penser à en apporter. Des cadeaux, je veux dire. »

Elle n'a quand même pas l'intention d'offrir des cadeaux à tous les invités ? Elle ne lui avait jamais parlé de ça. Il trouve qu'elle exagère. À ce rythme-là, elle va les ruiner.

Elle les a déjà achetés, dit-elle. Au Royaume du dollar. Juste un petit quelque chose de purement symbolique à déposer sous le sapin, pour faire gai… « Tu savais que certains hommes aiment encore recevoir des cravates ? Mais la plupart ont parlé de jeux d'ordinateur et de CD. Quant aux femmes, elles sont partagées entre les produits pour le bain et les livres de recettes exotiques. Décourageant, un tel manque d'originalité, tu ne crois pas ? »

Il reste coi.

Ce n'est pas grave si, comme l'an dernier, il lui a acheté un bain moussant, le rassure-t-elle en voyant sa mine atterrée. Elle lui pardonne d'avance. Au fond, elle n'est pas si originale que ça. Pour être quitte, elle va lui offrir une cravate. En macramé.

À propos de recettes, elle en a trouvé une pour le punch de Noël. Vodka, jus de canneberge et sirop de grenadine. On verse trois larmes de Cointreau, on garnit de tranches d'oranges et le tour est joué. Il n'est pas emballé. Avec ce genre de truc sucré, il y en a toujours qui sont malades.

Deux problèmes surgissent le 15 décembre. Elle a appris que la copine de Léa est végétarienne. Il faut recomposer le menu. Et lui vient juste de se rappeler que les Perron militent dans une ligue de non-fumeurs très intolérants. « On ne peut quand même pas envoyer Léa griller ses gauloises sur le balcon ! Et Pablito avec ses cigarillos ! Même toi, dans ce genre d'occasion, tu fumes comme une cheminée. » Il a bien peur que la soirée tourne au vinaigre. Elle aussi. D'ailleurs, Perron fait toujours des blagues sexistes pénibles quand il a pris un verre de trop. Bernadette va lui arracher les yeux, c'est sûr. Il maugrée que les féministes radicales, il ne trouve pas ça beaucoup plus drôle. Pas étonnant que son mari ait mis les voiles. « Elle n'a jamais été mariée, rétorque-t-elle, avec un soupçon d'impatience dans la voix. Les trois enfants ont un géniteur différent. J'espère seulement que tu ne vas pas commettre d'impair, le 24 décembre. » Géniteur, vraiment ! Il lève les bras. S'il y a un mot qu'il déteste, c'est bien celui-là.

Le lendemain, elle se demande si les marrons font partie de la famille des noix. « Parce que Fanny est allergique.

– Qui, ça, Fanny ? demande-t-il. Une nouvelle invitée ?

– C'est la plus jeune de Bernadette, tu le sais bien, mon chou. Tout compte fait, je crois que je vais faire une bûche, non, une fondue au chocolat. Tout le monde aime ça. »

Le 20 décembre, elle a acheté une lampe Berger qui absorbe la fumée. Une authentique. L'huile dégage un léger parfum de cannelle, ça sent Noël. Elle espère que les Perron vont faire preuve d'un minimum de tolérance. Il lui dit de ne pas s'inquiéter.

« Tout va bien se passer, tu verras. Moi, j'ai confiance. » Pour ce qui est du menu, il propose deux lasagnes, une pour les carnivores et l'autre pour les végétariens. C'est une idée, approuve-t-elle sans trop d'enthousiasme. Quant au dessert, il la prévient : elle devra faire attention avec le chocolat. Certaines marques contiennent des traces de noix. Qu'elle lise attentivement la liste des ingrédients. À bien y penser, une bûche ne serait pas une mauvaise idée non plus, dit-il. Ils pourraient même la commander. À son avis, le pâtissier, au coin, doit en faire d'excellentes. Elle n'y avait pas pensé, mais il a raison, le dessert était comme une épine dans son pied. Elle va s'en occuper demain matin. « Un problème de réglé », soupire-t-elle, soulagée.

Le 23 décembre au soir, sonnerie du téléphone. « Voilà qui va te faire plaisir, dit-il après avoir raccroché. Perron s'est décommandé. Sa belle-mère a eu une attaque et elle est dans le coma. Elle est aux soins intensifs à l'hôpital d'Alma. Ils doivent partir tout de suite. » Oh ! mais, elle, ça ne l'arrange pas du tout, parce que, finalement, Stéphane a décidé d'amener sa fille. « Et alors ? s'étonne-t-il.

– Alors, si les Perron ne viennent pas, avec la fille de Stéphane, nous allons nous retrouver treize à table. »

Il dit qu'il n'en peut plus. Elle-même est sur le point de tout décommander.

Le 24 décembre, à dix heures du matin, dans une allée du supermarché, elle a une idée de génie. « Roméo ! » s'écrie-t-elle. Il arrête de pousser le chariot et la regarde, interloqué. « Roméo ?

– Oui, Roméo, tu sais bien. Le chien de Dédé.

– Tu n'as pas l'intention de faire manger cet insupportable caniche à la table ? se rebiffe-t-il.

– Comment ça insupportable ? Je croyais que tu aimais bien les caniches. Et puis, Roméo a de très bonnes manières. Avoue que ce serait rigolo. »

Mais il se braque. Si elle invite le chien, lui, il ira manger au restaurant. Sans réservation ? Le soir du réveillon ? Elle le trouve bien optimiste. « Roméo mangera l'entrée avec nous à table, puis on l'installera dans la crèche, propose-t-elle alors, pour l'amadouer. Il jouera le rôle du mouton.

– Quelle crèche ?

– Eh bien, c'est simple. Tu n'auras qu'à en faire une pendant que je préparerai le punch aux canneberges. »

POEMA DE L'OBRA DE TEATRE

Z, UNA MEDITACIÓ SOBRE L'OPRESSIÓ, EL DESIG I LA LLIBERTAT

ANNE SZUMIGALSKI

translated into Catalan by / traduit en catalan par
Elisabet Ràfols-Sagués

I us contaré una vegada i una altra la mateixa història,
Vaig ser un infant i vaig ser una dona,
Una dona dins una gàbia, un linx en una trampa.

M'era mare i jo mateixa m'alletava.
M'era filla i xuclava de mi mateixa.
De vegades en el meu son veia una casa.
De vegades un foc m'escalfava els somnis.

Un dia vaig menjar pastís de xocolata.
Un dia el meu amant vingué a mi.
Això va ser en morir i ser cremada.
Res, res no queda de mi sinó cendres al vent.

M'han tret l'infant de les mans
L'han estavellat contra la paret.
No hi ha ningú que el revengi?
Els ossos dels innocents trepitjats.
Refregats pel vent.

¿He de ser el meu propi infant
i donar-me a mi mateixa el pit?
¿He de ser el meu propi infant
i bressolar-me en els meus braços?

I us contaré una vegada i una altra la mateixa història,
vaig ser un infant i vaig ser una dona,
una dona en una gàbia.
M'era mare i jo mateixa m'alletava
m'era filla i xuclava de mi mateixa.
De vegades en el meu son veia una casa.
De vegades un foc m'escalfava el somni.

Un dia el meu amant vingué a mi,
però els seus ossos eren canyes.
El seu alè era grava a la meva boca.
Això va ser en morir i ser cremada.
Res no queda de mi
Sinó un grapat de cendra al vent.

POEM FROM THE PLAY

Z, A MEDITATION ON OPPRESSION, DESIRE AND FREEDOM

ANNE SZUMIGALSKI

And I'll tell you again and again the same story,
Once I was a child and once I was a woman,
A woman in a cage, a lynx in a trap.

I was my own mother and I nursed myself.
I was my own child and I suckled myself.
Sometimes in my sleep I saw a house.
Sometimes a fire warmed my dreams.

Once I ate a chocolate dream cake.
Once my lover came to me.
That's when I died and was burned.
Nothing, nothing remains of me but ashes in the wind.

They have snatched away my child
They have broken him against the wall.
Is there no one to avenge him?
The bones of the innocent are trampled underfoot.
They are scoured by the wind.

Must I become my own infant
And hold myself against my own breast?
Must I become my own child
And rock myself to sleep in my own arms?

And I'll tell you again and again the same story,
Once I was a child and once I was a woman,
A woman in a cage.
I was my own mother and I nursed myself.
I was my own child and I suckled myself.
Sometimes in my sleep I saw a house.
Sometimes a fire warmed my dream.

Once my lover came to me,
but his bones were twigs.
His breath was gravel in my mouth.
That's when I died and was burned.
Nothing remains of me
But a handful of ashes in the wind.

ARES

ROBERT HILLES

traduit de l'anglais par / translated from English by
Lucie Beauséjour

MON PÈRE EST MORT avant ma naissance. Il a rendu l'âme dans le lit où je suis né. Toute ma vie, ma mère a joué le rôle de mon père. Elle me montrait comment il marchait et parlait, mais je ne voyais qu'elle. Ses petits yeux si tendres s'ouvraient grand et prenaient un air dur et calculateur quand elle faisait semblant d'être mon père. Sa bouche s'élargissait et devenait cruelle lorsqu'elle répétait les mots de mon père. Elle a aimé mon père jusqu'à son dernier souffle. Elle a soupiré son nom en mourant. Ses mains étaient alors devenues frêles. Néanmoins, elle en a posé une sur mon épaule, puis elle a souri, comme si mon père était debout, juste derrière moi.

Elle n'a jamais eu de photo de mon père. La seule image qu'elle avait de lui était dans sa tête, image qui ne s'est jamais altérée. Je ne sais pas si j'aurais aimé mon père, même un peu. Je ne suis pas ma mère et je ne peux pas dire que j'aime les hommes de la même manière qu'elle. Parfois, mon père s'adresse à moi, mais c'est toujours avec la voix de ma mère. Il ne parle jamais d'amour ; il dit plutôt à quel point il s'ennuie de l'éclat de mes yeux, même s'il ne les a jamais vus. J'ai un fils moi aussi maintenant. Je sais qu'il a la même démarche que mon père, ce qui me laisse perplexe, quoique je n'aie jamais tenté de le corriger. Mon père était brusque et dur, j'en suis convaincu, même si ma mère n'y a jamais fait allusion. Je l'ai deviné à la façon dont elle changeait chaque fois qu'elle parlait de lui. C'est la rudesse qui l'a tué. Quand mon fils est brusque lui aussi, je lui demande d'y aller doucement, mais il oublie vite et recommence à malmener le chat ou un de ses amis. Il n'est jamais brusque avec moi cependant, il ne fait que me serrer très fort avant d'aller dormir.

Je ne visite jamais la tombe de mon père, même si je me rends souvent à celle de ma mère. Quand j'amène mon fils, il dit: « Grand-maman, peux-tu m'entendre ? Grand-maman, est-ce que je peux aller te visiter pendant un petit bout de temps ? Je ne suis jamais allé au ciel avant. » Plus tard, il me demande si grand-maman peut l'entendre et je réponds que oui, même si je n'en suis pas certain moi-même. Le soir, quand mon fils dort, je m'assois et je pense aux leçons que transmettent les mères et les pères. J'aurais aimé parfois que mon père vive plus longtemps, pour savoir exactement ce dont il était capable. Je connais de lui seulement ce que ma mère m'a montré, et personne ne devrait découvrir son père de cette façon. J'aimerais vraiment savoir s'il était cruel, parce que j'ai du mal à comprendre pourquoi je suis moi-même cruel parfois. Peut-être m'aurait-il montré d'où vient la cruauté ou comment on peut y mettre fin.

ARES

ROBERT HILLES

MY FATHER DIED before I was born. His last breath expired in the bed where I was born. My mother was my father all of my life. She would show me how he walked and talked and I could only see her there. She had such tender small eyes but when she played my father she stretched them so they looked hard and precise. Her mouth when it wore his words was cruel and large. She loved my father until she died. She said his name with her last breaths. By then her hands were frail and yet she lifted one to my shoulder and smiled as if my father were standing just behind me.

She never had a picture of him except what she carried in her mind. But she never wavered in her vision of him. I don't know if I would have loved my father or even liked him. I am not my mother and can't say that I love men the same way she did. Sometimes my father speaks to me but it is always with my mother's voice. He never says anything about love just how he misses the shine in my eyes although he has never seen them. I have a son of my own now and he walks the way I know my father did. I'm not sure if I like that, though I've never done anything about it. I know my father was rough and callous even though my mother never told me that. I could tell by the way she changed when she talked about him. It was the roughness that took his life. When my son is rough I tell him to be gentle but he soon forgets and is rough again with the cat or one of his friends. But he is never rough to me, just holds me so tight before he goes to bed.

I never visit my father's grave although I visit my mother's often. When I am there with my son he says: "Grandma, can you hear me? Grandma, can I visit you for awhile? I've never been in heaven before." Later he asks me if grandma can hear him and I answer yes even though I am not sure myself. At night when my son is asleep I sit and think about the lessons that mothers and fathers pass on. And sometimes I wish that my father had lived so I would know for sure the power he had in his hands. But I know only what my mother has shown me and that is not how one should find their father. I would like to know for sure if he was cruel, since

I find it hard to understand why sometimes I am cruel. Perhaps he could have shown me where cruelty comes from or how it can be stopped.

CARNET D'ADRESSES

STEVEN HEIGHTON

traduit de l'anglais par / translated from English by
Christine Klein-Lataud

Ça porte malheur, dit-on, d'écrire son propre nom
Et ses coordonnées dans son nouveau carnet d'adresses.
Malgré tout, tandis que vous épluchez lentement
Le vieux pour trouver quoi éliminer

Transférer, vous êtes tenté
De vous inventer une nouvelle adresse flambant neuve
Un nouveau nom, digne de la fraîcheur de cette ardoise vierge,
Ce baiser bâclé

Adieu aux crève-cœur — tous les amis
Que vous avez enterrés ou perdus de vue, ces vieilles demoiselles
Patientant dans les Maisons de retraite,
Depuis toujours résignées à la mort de tout, et finalement

À la leur. Une fin aux victimes mises à sécher
Au hasard entre les pages — bouts de papier barbouillés, griffonnés
De noms oubliés, cartes d'affaires affirmant
À grandes majuscules fanées
Confiance, solvabilité. Le palimpseste

Que le temps a fait de chaque page ; l'hypocrite qu'il a fait
De vous. Annie, que vous avez deux ans durant tenté d'aimer
Parce qu'elle avait le cœur simple, de l'ardeur à vivre, et de
l'amour
Pour vous (sans prendre d'assaut vos cellules et votre sang) ;

Carl le fou, qui tapait des diatribes d'un poète-à-un-autre dans le style
Pseudo-*hick* et bourru de Pound, tout en tirades enflammées
Et majuscules, du genre PAS ASSEZ DE FIBRE, BONHOMME,
RETOURNE À TON BON VIEUX CHAMP DE LIN… tout ça pour votre poignée

De poèmes sur la nature. Quand il s'est finalement volatilisé
En Extrême-Orient, son silence ne vous a pas dérangé.
Pourtant, cette culpabilité, comme si vous faisiez pencher la balance,
À chaque choix — comme si chaque fois que votre plume bannissait

Un nom, le geste se répercutait quelque part, coup de poignard plumitif, magie noire,
Aiguille maléfique perçant le cœur, le Non innocemment traître
De Pierre, chaque croix sur la page
Un baiser de Judas…

Ça porte malheur, dit-on, d'écrire son propre nom
Dans son nouveau carnet d'adresses
— Comme si, plus tard, au prochain élagage,
Un exécuteur testamentaire devait compulser la liste, appeler
Ou contacter chaque nom
Sauf vous.

ADDRESS BOOK

STEVEN HEIGHTON

Bad luck, it's said, to enter your own name
and numbers in the new address book.
All the same, as you slowly comb
through the old one for things to pick

out, transfer there, you are tempted to coin
yourself a sparkling new address,
new name, befitting the freshness of this clean-
slating, this brisk kiss

so long to the heart-renders—every friend
you buried or let drift, those Home for the Aged
maiden relations, who never raged
against the dying of anything, and in the end

just died. An end to the casualties pressed
randomly between pages—smudged, scribbled chits
with lost names, business cards with their faded
bold-fronts of confidence, solvency. The palimpsest

time made of each page; the hypocrite it made
of you. Annie, who you tried two years to love
because she was straight-hearted, lively, and in love
with you (but no strong-arming your cells and blood);

Mad Carl, who typed poet-to-poet squibs in the pseudo-
hickish, hectoring style of Pound, all sermonfire
and block caps, as AINT FIBRE ENOUGH HERE, BOYO,
BACK TO THE OLE FLAX FIELD . . . this *re* a score

of your nature poems. When he finally vanished
into the far east, you didn't mind the silence.
Still, this guilt, as if it weighs in the balance,
every choice—as if each time your pen banished

a name it must be sensed somewhere, a ballpoint stab, hex-
needle to the heart, the treacherous
innocent No of Peter, every X
on the page a turncoat kiss. . . .

Bad luck, it's said, to enter your own name in the new
book—as if, years on, in the next culling,
an executor will be leafing through and calling
or sending word to every name but you.

CASCADES PERDUES

STEVEN HEIGHTON

traduit de l'anglais par / translated from English by
Christine Klein-Lataud

Pour l'élan étranglé, pas de rédemption (Patrick Kavanagh)

Il y avait une cascade, tracée dans le levé
Inaugural, il y a deux cents ans, et perdue,
Érodée — je ne sais quoi — et nulle équipe,
Nul mineur, nul coureur des bois n'en a plus rien vu.
La rivière
Qu'elle devrait déchirer est toujours là, se dévidant
Comme il se doit, descendant des Burnt Hills à travers les bois
À l'est de Perth Road, bavardant avec les fossiles
Ébréchés, les éclats de silex étincelants d'anguilles, puis s'évasant
Entre les colonnes de cèdres où les chutes
Perdues devraient exploser, aujourd'hui encore.

Suis allé à ta recherche, conjurant ton image.
Un vent strident dans les branches vertigineuses.
Scrutant les alentours pour trouver l'explosion rayonnante,
Les vapeurs fusant en gerbe du bassin, je crois
Voir ta crinière crayeuse — flanc de falaise plongeant
À travers les balustres des cèdres, tordus, blafards —
Je perçois presque la brume de cette vision
Qui se condense en rosée glaciale
Dégoulinant sur mon visage…

Puis le vent faiblit, meurt, et cette écume-fantôme
Vacille, le rugissement de cataracte décline,
Devient l'abrutissement d'une rivière chauve, grisâtre, gâteuse
Et je m'en vais.

Où es-tu partie ? Disparue. Deux cents ans,
Le sentier cicatrisé, les cèdres tombés morts
Ou enfuis vers le ciel, les arpenteurs
Enfouis dans le sol.
Il y avait une cascade, ont-ils prétendu,
Craignant que l'amour se dessèche, simple pointillé
Sur la carte, qu'au fil du temps la rivière
Glisse sous terre, et *Ceci pour prouver*
Que nous fûmes aimés. Ce caprice
pour contrer la dérive,
Vers la nuit.

(C'est la tombée de la nuit ; nul bruit sinon mon souffle.)

LOST WATERFALLS

STEVEN HEIGHTON

For the strangled impulse there is no redemption (Patrick Kavanagh)

There was a waterfall, mapped in the founding
survey, two hundred years ago and lost,
eroded—something—so no later crew,
miner, or bushwalker has seen a thing.
                                        The river
it should have ruptured is still there, unspooling
where it ought to, out of the Burnt Hills down through timber
east of the Perth Road, chattering with chipped
fossils, flint-shards sparked by eels, then pooling
in a colonnade of cedars where the lost
falls should be exploding, still.

Went looking for you, what I thought was you.
A skirling of wind in the skymost branches
and peering round me for the radiant detonation,
vapours pulsing up from the sinkpool, I seem
to see the chalk-white shock of it—a cliffslide
through the cedars' warped, ashen balusters—
almost feeling the mist of this vision
condensed to a dew's chilly trickling
down the face . . .

Wind dwindles then, dies, and that ghost-foam
flickers, the cataract-roar ebbs to the dodder
of a stone-bald, greying, oblivious river,
and I go.

Where have you got to? Gone to. Two hundred years,
the path healed over, the cedars deadfallen
or deeper in the sky, the mapmakers
deeper in the ground.
                                        There was a waterfall, they lied,
afraid that love dries to a dotted line
on the map, that the river in time
slips underground, and *This to prove*
we were loved. This whim
against what drifts,
to dark.

(It's darkfall; my breath the only sound.)

LES RENARDS

TIMOTHY FINDLEY

traduit de l'anglais par / translated from English by
Nésida Loyer

La face est seulement : *la chose à écrire.* (Roland Barthes)

TOUTES LES PERSONNES CONCERNÉES avaient été prévenues : Morris Glendenning viendrait au Musée royal de l'Ontario effectuer des recherches personnelles dans la section de l'Extrême-Orient. Il ne faudrait pas l'aborder, ni le déranger.

Sa passion pour la solitude était légendaire, et d'autant plus surprenante qu'il était le plus grand spécialiste en communications de la planète. Dès 1965, ses jugements et prises de position l'avaient projeté au centre de l'arène publique, mais ce qu'il y avait de paradoxal, c'est qu'il ne pouvait souffrir d'être vu.

Comme pour bien des êtres bizarres cependant, une partie de ce qu'il y avait d'excentrique en lui semblait déterminée à contrecarrer toute autre facette de son originalité. Ainsi, son amour de la vie privée rivalisait avec un besoin de chaleur — d'où son attrait pour tout ce qui était en laine et, aussi, sa façon de se vêtir qui passait pour le moins étrange dans les cercles d'intellectuels nord-américains.

Il portait de gros couvre-chaussures démodés — ceux en toile caoutchoutée, dotés d'agrafes métalliques ressemblant à de petites échelles couchées sur le côté. Il avait de plus l'habitude de s'emmitoufler dans divers accessoires de laine qu'il superposait en les croisant sur sa poitrine : écharpes, chandails, gilets, chacun d'une couleur bien particulière. Il se coiffait en outre d'un béret bleu foncé, qu'il rabattait sur ses oreilles en chou-fleur. Il mesurait un mètre quatre-vingt-dix-huit et semblait n'être qu'un paquet d'os. Il avait le teint pâle, translucide et luisant, comme s'il s'astiquait la peau au chamois le soir. Son pardessus bleu, de coupe militaire, évoquant quelque peu la marine, était cintré à la taille et lui tombait presque aux chevilles. Dans les photos des magazines — où on le voyait toujours à la course — Morris Glendenning avait l'air de

Greta Garbo, fonçant tout droit sur la porte d'entrée pour s'engouffrer dans l'ascenseur : « *L'EXPERT EN COMMUNICATIONS SE DÉROBE UNE FOIS DE PLUS !* »

Madame Elston, responsable du secrétariat à la section de l'Extrême-Orient du Musée royal de l'Ontario, savait par son patron que Glendenning ferait son apparition le vendredi matin de la dernière semaine de février. Elle avait hâte de rencontrer cet homme célèbre. Monsieur Dime, le conservateur, lui avait passé la consigne de l'aider dans toute la mesure du possible, sans compter son temps et sans poser de questions. En aucun cas, l'avait-il prévenue, le personnel ne devait l'aborder. « S'il a besoin d'assistance, il demandera — probablement par écrit... » Au milieu de l'après-midi du jour de la visite toutefois, madame Elston remarqua : « Il ne faut pas grand-chose pour garantir l'intimité de quelqu'un qui ne prend même pas la peine de se présenter. »

Sur quoi Myrna Stovich, son assistante, répondit : « Mais il est là, madame Elston. Du moins, il y a *quelqu'un*. Regardez le pardessus et les couvre-chaussures... » Et elle désigna du doigt la forme bleu marine affaissée sur la chaise et les bottes en grosse toile avachies dans une mare d'eau brune.

« Pour l'amour du ciel, fit madame Elston. Comment est-ce possible ? J'étais assise ici toute la journée.

– Mais non, vous n'êtes pas restée là toute la journée, fit remarquer Myrna Stovich. Vous êtes allée prendre un café puis déjeuner. »

La nuit précédente et durant toute la matinée, il avait neigé. Le ciel avait cette couleur de flanelle anthracite si particulière aux nuages qui assombrissent Toronto à la fin sale de l'hiver. Rien qu'en les regardant, on avait envie de tousser. Morris Glendenning avait ajouté à son éventail déjà passablement protecteur de vêtements de laine une écharpe, qu'il avait croisée sur les aspérités de sa cage thoracique et nouée sur ses reins. Avant même de quitter sa résidence de Rosedale, il s'était enfoncé le béret jusqu'aux oreilles et avait courbé la tête sous les éléments.

En traversant le pont de Sherbourne Street, il n'eut plus que sa destination en tête et oblitéra donc la présence des autres piétons. Il se dirigeait vers le Musée royal de l'Ontario, mais sa véritable destination y était la collection de masques du théâtre japonais.

Longtemps après minuit, Glendenning était resté debout à regarder la neige effacer le jardin et les arbres derrière les fenêtres. À présent, il était fatigué. Pensif également. Ses travaux actuels n'avançaient pas, en partie à cause du reliquat de chagrin que lui avait causé la mort de sa femme au milieu de l'été, en partie parce qu'il avait publié un livre deux mois plus tard, en septembre. Le travail lui-même, c'est-à-dire la collecte des documents, le tri des idées, était passé par une phase aride et ce n'est que durant les derniers jours que Glendenning avait à nouveau ressenti une légère vague de créativité. Non qu'il n'eût jamais déjà cheminé dans cette forme de désert ; bien au contraire. Après chaque phase d'exploration, chaque publication de résultats, chaque tentative en vue d'articuler une théorie découlant de ses recherches, Morris Glendenning — comme c'est sans doute le cas pour un écrivain sur deux — se retrouvait, transporté de façon sinistrement miraculeuse, non pas aux abords mais au cœur même d'une terre ingrate d'où il ne pouvait extraire une pensée vive. Pendant des journées entières, voire des semaines, il lui semblait que son cerveau était complètement à sec, tari, paralysé presque jusqu'à la catatonie. Cinq jours plus tôt, il en avait été ainsi. Mais à présent, son esprit revivait, se sustentant à nouveau, doucement. Et tout cela parce que Glendenning était tombé par hasard sur une photographie.

Ce cliché avait paru dans le magazine *Rotunda* publié par le Musée royal de l'Ontario ; il montrait un masque du théâtre japonais que l'institution venait d'importer d'Orient en vue de l'acquérir. « Un renard », disait la légende, mais elle sonnait faux. C'était plutôt un *renard humain*, troublant par ce qu'il impliquait de façon si discrète. En lisant l'article sur le masque, Glendenning découvrit que celui-ci constituait avec trois ou quatre autres une série créée pour une œuvre dramatique japonaise du XVIIe siècle, dans laquelle un renard se transformait en homme. Chacun des masques, poursuivait l'article, reflétait une étape distincte du passage de l'archétype du renard à celui de l'être humain. Cela piqua la curiosité de Glendenning — et fit même plus que la piquer ; un déclic se produisit dans le fin fond de son subconscient. Il crut reconnaître quelque chose et il sentit des réverbérations s'élever en lui comme des bulles montent à la surface : un signe, peut-être — ou un avertissement.

Il se souvenait très bien d'avoir lu l'histoire d'horreur de David Garnett, *La Femme changée en renard*, ce conte philosophique magistral et plein de verve dans lequel la classe des gentlemen-farmers est remise à sa place lorsqu'une des épouses se transforme en renard. Mais là, dans les masques japonais, c'était l'inverse : le renard assumait une forme humaine. C'était toutefois plus ou moins la norme quand il s'agissait de comparer mythes et coutumes de l'Orient à ceux de l'Occident. Les images et symboles qu'on y retrouvait étaient presque toujours diamétralement opposés : le blanc en Orient et le noir en Occident pour le deuil ; le respect et non l'appropriation de la nature ; la mort et non la vie, pour l'accès à l'immortalité.

Quel est celui dont le destin s'accomplit dans ce masque ? avait écrit Glendenning en marge du cliché subversif. *Le renard ? Ou l'homme ?*

Il découpa la page entière du magazine et la glissa dans une chemise marquée *Personnages,* pour l'en ressortir cinq minutes plus tard. Il la tint dans la lueur neigeuse reflétée par les fenêtres et il la fixa, comme envoûté. La question qu'il s'était d'abord posée l'obsédait maintenant. Scrutant la face laquée du masque, il imagina qu'il ôtait une à une les couches de peau du visage humain. Pas jusqu'à l'os, mais jusqu'à l'être même.

La formation de cette image prit du temps. Il lui vint à l'esprit que, sous le poids de tous ses masques personnels, se trouvait un être qu'il n'avait jamais vu. Non pas une créature qui se cachait à dessein — mais quelque chose d'enterré vivant, qui voulait vivre et avait droit à la vie.

« Des renards qui se transforment en hommes », dit-il à haute voix en regardant la photo. *C'est leur choix, pas le nôtre.*

Plus tard cet après-midi-là, debout dans la salle de bains, il sentit un frisson lui parcourir l'échine, quand, au moment précis d'allumer la lumière, il surprit son image sans masque dans le miroir. Il remarqua alors, dans cette partie de son cerveau toujours active, toujours à l'affût — où même la mort de sa femme avait été perçue avec la plus grande objectivité — que ce qui avait été démasqué n'était pas humain. Ce qu'il avait vu — tout ce qu'il avait vu en fait — c'était deux yeux d'or pâle le fixant depuis un pourtour de ténèbres qu'il ne connaissait pas.

Une demi-heure plus tard, Glendenning prit le téléphone et appela le conservateur de la collection de l'Extrême-Orient au Musée royal de l'Ontario, qui se trouvait être son vieil ami Harry Dime.

Quels privilèges ce dernier pouvait-il lui accorder ? Le laisserait-il par exemple examiner les masques seul ?

Plus tard, dans son for intérieur, Harry Dime en arriverait à la conclusion qu'il aurait dû refuser. Malgré tout ce qu'il savait de la curiosité intellectuelle, il ne se doutait absolument pas que Glendenning se tenait sur un seuil dangereux. Il avait oublié qu'en rapatriant ces trésors d'un autre âge, il en avait aussi rapporté la magie intacte. Pas d'anciens sortilèges, naturellement, car ces choses sont absurdes, mais la magie qu'ils libéraient chez les autres : chez ceux qui les contemplaient sans l'entrave de la superstition.

Ce vendredi matin où la neige tombait, Morris Glendenning se demanda s'il allait marcher ou prendre le métro — autrement dit, risquer d'être reconnu. Vu la perte de temps qui résulterait inévitablement d'une rencontre, il prit la décision d'aller à pied. Il était sûr que, s'il marchait, personne ne le verrait — et à plus forte raison ne le reconnaîtrait. *Combien de regards,* avait-il dit une fois à Nora, son épouse, *croisent le tien dans une rue bondée ?*

Le vendredi, les passants encombrent Bloor Street, la plupart donnant l'impression, avait remarqué Glendenning, d'une indifférence aux biens matériels. *Je pourrais entrer dans ce magasin et m'acheter ce manteau si je voulais,* semblaient-ils se dire. *Mais pas maintenant ; je le ferai lundi. Ou peut-être mardi...* Il se sentit troublé par leur impassibilité, presque irréelle.

La rue, malgré les gens et la circulation, était silencieuse sous la neige qui tombait. Glendenning pouvait voir sa respiration et celle des individus qu'il croisait. S'il s'était arrêté, il aurait pu compter ces haleines et prendre le pouls du lieu — chaque souffle enserrant un battement de cœur — les battements de cœur faisant la course ensemble puis s'espaçant — rythmes secrets de tous les êtres visibles dans l'atmosphère givrée. Même la circulation semblait vivante, au moins autant que les gens avec leurs volutes et panaches de vapeur. Derrière les glaces des voitures, les visages émergeant du silence se reflétaient dans la buée des vitrines des grands magasins : Harry Rosen, Cartier, Bemelmans, Eddie Bauer. Holt Renfrew... des phases de la lune qui longeaient Bloor Street.

Morris Glendenning sentait le métro gronder sous lui, mais pas comme un tremblement de terre ; une présence manifeste, vivante, active, dont la voix souterraine ne faisait pas plus de bruit que font les voix dans les rêves. Il s'arrêta au coin de Bellair et vit un homme qu'il avait très bien connu dans sa jeunesse passer devant lui en détournant les yeux. Plus tard, tous deux diraient : *J'ai vu le vieil Untel aujourd'hui dans Bloor Street. Il avait l'air épouvantable, cadavérique...*

J'ai vu le vieil Untel aujourd'hui. On s'est croisés.

Il y avait là, pensa Glendenning, une sorte de réserve maladive — une attitude distante, qu'on ne voyait jamais autrefois : pas plus chez des gens qui étaient de parfaits inconnus que chez des amis intimes.

On avait besoin les uns des autres. C'est pour ça qu'on se regardait en face. C'était un besoin réciproque. Glendenning serra les mâchoires, effrayé à l'idée que ses lèvres avaient peut-être prononcé les mots à voix haute. *On a toujours partagé cet affreux coin de pays — ces horribles tempêtes — ce climat épouvantable. On savait qu'on ne pouvait se permettre d'être seul. Mais maintenant...*

Il avait presque remonté Bloor Street jusqu'au stop d'Avenue Road, où il devrait attendre que le feu change pour traverser, comme il l'avait fait au même endroit pendant plus de quarante ans.

Derrière les voiles de neige, il apercevait à peine l'enseigne au néon, rouge dans l'air au-dessus de sa tête : *Park Plaza Hotel* — bien que tout ce qu'il en vit fût une partie du *z* et du dernier *a*.

Quelques personnes se regroupèrent au bord du trottoir et Glendenning prit subitement conscience que beaucoup portaient des chapeaux de fourrure. Une douzaine de chapeaux et quinze têtes.

Pas un de ces individus n'en regardait un autre ; à part Morris Glendenning qui comptait. Pourquoi se désintéressaient-ils tant de leurs semblables ? À quand remontait cette grande indifférence collective ?

À mardi dernier probablement.

Glendenning sourit. Ces questions de pure forme constituaient le pivot de sa profession, mais il prenait un malin plaisir à donner des réponses idiotes, banales, agaçantes. C'était pour lui une façon de s'amuser.

Et pourtant, cette indifférence opiniâtre, elle affectait chacun de leurs gestes. Il remarqua qu'elle dictait leur allure, la vitesse à laquelle ils progressaient, leur démarche, tandis qu'ils avançaient dans la rue. Ils circulaient, pensa Glendenning qui les observait au travers des flocons, avec la sorte d'apathie qu'ont acquise les gens à qui quelque chose — peut-être de l'amertume — a appris que rien n'attend ceux qui se pressent de rentrer chez eux. Debout sur le trottoir au coin d'Avenue Road et de Bloor, il finit par comprendre que s'il prenait le métro et que les gens le remettaient, là n'était pas la question. L'important, c'est qu'ils attendaient de lui, Morris Glendenning, auréolé d'une réputation et d'un savoir faramineux, qu'il les reconnaisse et leur dise qui ils étaient. *Je vous ai déjà rencontré :* voilà ce qu'ils tenaient tellement à entendre de sa bouche ; *je vous connais — je sais qui vous êtes.*

Dans les caves du Musée royal de l'Ontario se trouve un dédale de vestibules et de couloirs qui mène, en passant par divers degrés d'éclairage et de température, à plusieurs pièces closes où gisent des trésors variés, dans l'attente de quelqu'un qui viendrait leur redonner un sens. Bric-à-brac, fragments et circonvolutions du temps — numérotés, catalogués, objets de suppositions.

Morris Glendenning se tenait dans une de ces pièces, transpirant en l'occurrence, et tenant entre ses doigts — ses doigts gantés de coton blanc — le masque même qu'il avait d'abord vu en photo.

La porte qui se trouvait dans son dos était close.

La pièce était effectivement insonorisée de par sa profondeur dans les caves et son éloignement de la partie active du bâtiment. Seule une lumière crue, brute, permettait d'y voir : « lumière du jour », éclairant la nuit depuis des ampoules programmées.

Les compagnons du masque — au nombre de trois — étaient étalés, stériles sur un plateau également stérile : le renard en train de devenir homme.

Glendenning pensa à une opération chirurgicale.

Des couches superposées.

Comme le visage est petit, se dit-il.

Se penchant pour regarder les autres masques, au-delà de celui qu'il tenait, il compta une à une les différences et les degrés de changement — à un extrême, le renard dans sa main, puis le trio des variantes, gisant sur leur plateau, et dont les traits se rapprochaient peu à peu d'un visage oriental remarquablement beau. Les prunelles ovales très en biais du renard ramenées aux yeux en amande, à la symétrie d'un visage humain. *D'un prêtre,* plus précisément, l'avait informé le catalogue de la collection.

Un prêtre. Le mot était si bien choisi que c'en était amusant. Mais avec quelque chose de sinistre, bien sûr.

Glendenning se sentait dans la peau d'un enfant qui s'ennuie et cherche à faire un mauvais coup. Un genre de vandale. En tout cas, il savait très bien qu'en cet instant, il dépassait le seuil, victime d'une impulsion irrésistible : *Mets-le...*

Il était resté plus de trois heures debout dans cette pièce, à toucher, soupeser, contempler les masques. Autour de lui, sur des étagères, étalés et numérotés sur des plateaux stériles, se trouvaient les autres masques du théâtre japonais — la collection complète de la section. Chacun d'eux gisait, dissimulé dans un sac de soie souvent ouvragé, au cordon serré en une boucle nette, toutes les boucles identiques.

Des têtes, se dit-il. *Victimes d'une révolution.*

À vrai dire, il n'osait ouvrir les sacs pour regarder dedans.

Certains avaient des taches sombres. Et, même si Glendenning savait très bien qu'elles étaient l'œuvre du temps et de la moisissure, il ne pouvait se résoudre à les toucher.

Mets-le. N'aies pas peur.

Vas-y.

Il leva doucement le masque à hauteur de son visage.

Il pouvait en sentir... quoi exactement ? L'odeur de moisi ?

Ou plutôt l'odeur musquée ?

Il ferma les yeux et ajusta sur ses pommettes l'intérieur du moule.

Il attendit quinze bonnes secondes avant de se risquer à regarder.

Les masques étalés sur le plateau devant lui souriaient.

Est-ce qu'ils souriaient auparavant ?

Il attendit, sachant très bien qu'il ne devait pas abandonner avant d'avoir ressenti tout ce que le masque avait à offrir — peu importe le temps que cela prendrait.

Il crut entendre un bruit dans le couloir. La voix de quelqu'un qui appelait.

Il retint sa respiration, pour mieux écouter.

Rien.

Et puis, alors qu'il recommençait à respirer, il sentit un son vibrer entre son visage et le masque.

Une autre voix que la sienne. Mais la voix de qui ?

Il était perdu à l'intérieur de lui-même et se tenait debout dans une autre lumière. Un feuillage dessinait des ombres sur ce qu'il voyait, qui semblait être l'orée d'une clairière, quelque part.

Des êtres vivants — mais pas des êtres humains — se déplaçaient sous ses yeux.

Des renards.

Comme ils étaient beaux. Et si délicats : précis et malins.

Pourquoi se sentait-il si insouciant, pourquoi n'avait-il pas peur ?

Il se mit à percevoir l'odeur de la terre comme il ne l'avait jamais fait auparavant : une odeur sécurisante, verte, ensoleillée.

Il regarda ses mains. Il tendit les bras devant lui le plus loin possible. Des mains d'homme — gantées de blanc. À qui donc appartenaient-elles ?

Il voulut parler, mais ne le put pas.

Ce qui surgit, au lieu de mots, fut un son étranglé, inarticulé, qu'il n'avait jamais entendu.

Devant lui, à ses pieds, là où le plancher avait fait place à la terre, un des renards vint s'asseoir et le regarda fixement. On aurait dit que la bête savait qui il était.

Jamais au cours de sa vie Morris Glendenning n'avait été si près de quelque chose de sauvage. Il était envoûté.

D'autres renards vinrent, comme pour le saluer. Ils s'appuyèrent si fort sur ses jambes que Glendenning sentit leurs os contre ses tibias.

Le renard qui s'était approché de lui le premier et s'était assis à ses pieds l'observait en plissant les yeux. Si intense était son regard que Glendenning sut qu'il allait se passer quelque chose.

Vas-y, semblait dire le renard. Raconte-nous. Parle-nous...

Oui — mais comment ?

Glendenning avait perdu l'usage de la parole. Mais l'envie de parler était irrépressible. Il sentit un son monter depuis son ventre — une voix puissante, si inquiétante qu'il retira brusquement le masque de son visage et le lança sur le plateau d'où il l'avait pris. Mais quand l'avait-il fait ?

Combien de temps s'était écoulé ? Une heure ? Une journée ? Jusqu'où était-il allé ? Qui était-il à présent ? Ou encore, qu'était-il ?

Affolé, il regarda le dos de ses mains. Elles étaient toujours gantées.

Il lui sembla que, sur le plateau, les bêtes s'agitaient.

Glendenning ferma les yeux pour résister à l'idée qu'il n'était pas seul. Il ne voulait pas voir le sol — de peur d'y reconnaître la terre chauffée par le soleil qui s'y trouvait un instant auparavant.

Et pourtant...

Il voulait qu'ils reviennent. Il était déjà hanté par leurs souffles et leurs regards. Il écoutait, à l'affût de leurs voix, mais aucune ne se faisait entendre.

Il retira les gants de coton blanc et prit une longue bouffée d'air qu'il expira lentement, lèvres entrouvertes.

Ses doigts plongèrent vers le plateau et, avant même d'atteindre le masque, il sourit — il sentit la tête se lever vers lui, aussi sûr que se lève le soleil. Quand il eut placé le masque qu'il avait choisi, il ne fit qu'une brève pause avant de se risquer à respirer à nouveau : une inspiration profonde, et il trouva sa voix — pas celle qu'il avait d'ordinaire, mais une autre voix, venue d'un autre âge.

À présent, enfin, il n'était plus seul.

Peu avant cinq heures cet après-midi-là, madame Elston replaça la housse sur la Selectric IBM. Elle s'apprêtait à partir quand elle se rendit soudain compte qu'il y avait quelqu'un debout derrière elle.

« Oh », dit-elle en se ressaisissant du mieux qu'elle put. « Nous pensions que vous n'étiez pas là, monsieur Glendenning. »

Elle sourit, mais il ne répondit pas.

La stature gigantesque était courbée en deux, s'affairant à remettre les couvre-chaussures.

« Aurons-nous le plaisir de vous voir demain ? » demanda madame Elston.

Le dos tourné, il secoua la tête.

« Lundi, peut-être ? »

Il fermait les boucles de ses bottes, muet.

Il s'enveloppa dans ses multiples écharpes, boutonna son pardessus, prit sa serviette de cuir et sortit.

« Monsieur Glendenning... ç'a été un plaisir... »

Mais madame Elston ne pouvait le rejoindre. Il avait disparu et la porte se referma dans un mouvement de va-et-vient.

Madame Elston renifla l'air.

« Myrna, dit-elle, est-ce que vous sentez quelque chose ? »

Myrna Stovich n'eut pas besoin de réfléchir.

« Et comment ! dit-elle. Ça sent le chien.

– Le chien ! Mais il n’y a pas de chien ici !

– Ouais, répliqua Myrna. On pensait aussi qu’il n’y avait pas de monsieur Glendenning, hein ?

– C’est vrai, dit madame Elston en riant. Vous avez tout à fait raison, ma chère. Mais... mon Dieu ! Quelle journée ! continua-t-elle. Et dire qu’il nous faut sortir maintenant, avec toute cette neige.

– Ouais, fit Myrna Stovich. Pour sûr. Mais j’aime ça.

– Oui, soupira madame Elston. Moi aussi, je suppose. » Et elle ajouta en souriant : « Il le faut bien, vu qu’on n’a pas le choix ! »

FOXES

TIMOTHY FINDLEY

The face is only the thing to write. Roland Barthes

ALL THE APPROPRIATE PEOPLE had been forewarned: Morris Glendenning would be coming to the Royal Ontario Museum to do some private research in the Far Eastern Department. He was not to be approached; he was not to be disturbed.

Glendenning's reclusiveness was legendary, made doubly curious by the fact he was the world's best-known communications expert—a man whose public stances and pronouncements had put him at centre stage as long ago as 1965. The thing was, Morris Glendenning could not bear to be seen.

But, as with most eccentric beings, part of what was eccentric in him seemed determined to thwart whatever else was eccentric. In Morris Glendenning's case, his passion for privacy was undone by his need for warmth—which led to a passion for things made of wool and, as well, to what some considered to be the most eccentric habit of dress in the whole community of North American intellectuals.

He wore old-fashioned galoshes—the kind made of sailcloth and rubber, sporting metal fasteners shaped like little ladders lying on their sides. He was also given to wearing a multiplicity of woollen garments layered across his chest: scarves, sweaters, undervests—each of a prescribed colour. He wore, as well, a navy blue beret, pulled down over the tops of his prominent ears. He was six feet, six inches tall and was made, it seemed, almost entirely of bone. His skin was pale, translucent and shining—as if he polished it at night with a chamois cloth. Glendenning's overcoat was blue and had a military cut—naval, perhaps. It was pinched at the waist and almost reached his ankles. In magazine photographs—taken always on the run—Morris Glendenning had the look of Greta Garbo, heading for doorways and ducking into elevators, "*COMMUNICATIONS EXPERT ESCAPES YET AGAIN!*"

Mrs Elston, in charge of secretarial work for the Far Eastern Department at the Royal Ontario Museum, had been told by her boss that Glendenning would be turning up on the Friday morning, last week in February. She was quite looking forward to meeting the famous man. Dr Dime, the curator, had instructed her to offer all available assistance without stint and without question. On no account, she was told, was he to be approached by staff. "Whatever help he requires, he will solicit: probably by note. . . ." By mid-afternoon, however, on the day of the visit, Mrs Elston said, "It doesn't take much to guarantee the privacy of someone who doesn't even bother to show up."

At which point Myrna Stovich, her assistant, said, "But he is here, Mrs Elston. Or—*some*one is. His overcoat and galoshes are sitting right there. . . ." And she pointed out a huddled, navy blue shape on a chair and a pair of sailcloth overshoes squatting in a large brown puddle.

"For heaven's sake," said Mrs Elston. "How can that have happened when I've been sitting here all day?"

"You haven't been sitting here all day," said Myrna Stovich. "You took a coffee break and you went to lunch."

The night before, and all that morning, it had snowed. The clouds were a shade of charcoal flannel peculiar to clouds that lower above Toronto at the dirty end of winter. Merely looking at them made you cough. Morris Glendenning had supplemented his already over-protective array of woollen garments with one more scarf, which he pulled down crossways over his radiator ribs and tied against the small of his back. Even before he departed his Rosedale home, he pulled his beret over his ears and bowed his head beneath the elements.

Walking across the Sherbourne Street bridge, Morris set his mind on his destination and, thereby, shut out the presence of his fellow pedestrians. His destination at large was the Royal Ontario Museum but his absolute destination was its collection of Japanese theatre masks.

Long after midnight, Morris Glendenning had sat up watching the snow eradicate the garden and the trees beyond his windows. Now, he was tired. And reflective. Progress with his current work had stalled, partly due to the residue of sorrow over his wife's midsummer death and partly due to the fact he had published a book two months later, in September. The work itself—the massing of materials, the culling of ideas—had been passing through an arid stage and it was only in the last few days that he'd begun to feel remotely creative again. Not that he hadn't traversed this particular desert before. Far from it. After every piece of exploration—after every publication of his findings—after every attempt at articulating the theories rising from his findings, Morris Glendenning—not unlike every other kind of writer—found himself, as if by some sinister miracle of transportation, not at the edge but at the very centre of a wasteland from which he could extract not a single living thought. For days—sometimes for weeks—his mind had all the symptoms of dehydration and starvation: desiccated and paralyzed almost to the point of catatonia. Five days ago it had been in that state. But, now, it was reviving—feeding again, but gently. And all because of a chance encounter with a photograph.

The photograph had appeared in a magazine called *Rotunda*, published by the Royal Ontario Museum; and it showed a Japanese theatre mask recently purchased and brought from the Orient. "Fox," the caption read. But it wasn't quite a fox. It was a *human fox*, alarming in its subtle implications. Reading about it, Morris Glendenning discovered it was one of three or four others—a series of masks created for a seventeenth-century Japanese drama in which a fox becomes a man. Each of the masks, so the article informed him, displayed a separate stage in the transformation of a quintessential fox into a quintessential human being. Glendenning's curiosity was piqued—and more than piqued; a trigger was pulled in the deeps of his consciousness. Something had been recognized, he realized, and he felt the reverberations rising like bubbles to the surface: signals, perhaps—or warnings.

He very well remembered reading David Garnett's horror story *Lady into Fox*—that masterful, witty morality tale in which the English "hunting class" is put in its place when one of its wives becomes a fox. But here, in these Japanese masks, the process had been reversed. It was the fox who took on human form. On the other hand, this was more or less standard procedure when it came to balancing the myths and customs of the Orient against the myths and customs of the West. Almost inevitably, the icons and symbols employed by custom and by myth were opposites: white in the Orient, black in the West for mourning; respect for, not the arrogation of nature; death, not birth as access to immortality.

Whose fate, Glendenning had written in the margin next to the provocative photograph, *is being fulfilled within this mask? The fox's? Or the man's?*

Clipping the whole page out of the magazine, he slipped it into a file marked *Personae*, and five minutes later, he retrieved it—held it up in the snow-white light from the windows and stared at it, mesmerized. The question became an obsession. Looking into the lacquered face of the mask he imagined stripping off the layers of the human face. Not to the bone, but to the being.

The blooming of this image took its time. It occurred to him slowly that under the weight of all his personal masks, there was a being he had never seen. Not a creature hidden by design—but something buried alive that wanted to live and that had a right to life.

"Foxes into humans," he said out loud as he watched the photograph. *Their choice, not ours.*

Standing in the bathroom, later that afternoon, something sent a shudder through his shoulders and down his back when, in the very instant of switching on the light, he caught the image of his unmasked self in the mirror. And he noted, in that prodding, ever-observant part of his brain—where even the death of his wife had been observed with the keenest objectivity—that what had been unmasked had not been human. What he had seen—and all he had seen—was a pair of pale gold eyes that stared from a surround of darkness he could not identify.

Half an hour later, Morris picked up the telephone and placed a call to the Curator of the Far Eastern Collection at the Royal Ontario Museum, who happened to be his old acquaintance, Harry Dime. What privileges could Harry Dime afford him? Could he inspect the Japanese masks alone?

Privately, Harry Dime would later conclude he should have said no. For all his own awareness of intellectual curiosity, he had no sense at all of the dangerous threshold at which Glendenning stood. Dime had forgotten that, when he returned with these treasures from another time, he brought them with all their magic intact. Not with ancient spells, of course, since all such things are nonsense—but the magic they released in others: in those who beheld them without the impediment of superstition.

On the snowy Friday morning, Morris Glendenning debated whether to walk or to chance the subway. Chancing the subway might mean recognition, and given the loss of time that recognition inevitably produced, he decided to walk. Walking, he was certain no one would see him—let alone recognize him. *How many eyes*, he once had said to Nora, his wife, *meet yours on a crowded avenue*?

Bloor Street on a Friday is always massed with shoppers, most of whom, Glendenning noted, like to give the appearance of worldly indifference. *I could go in and buy that coat if I wanted to*, they seemed to be telling themselves. *But I won't do that today, I'll do that on Monday. Maybe Tuesday. . . .* Their impassivity was almost eerie and it troubled Morris Glendenning.

The street, for all its people and all its motor traffic, was silent beneath the falling snow. Morris could see his own and everyone else's breath. If he paused, he could count the breaths and he could take the pulse of where he stood—each breath embracing so many heart beats—all the heart beats racing, lagging—all the secret rhythms of all the people visible in the frosted air. Even the motor traffic gave the appearance of being alive; as much an appearance of life as the people gave with their wisps and plumes of vapours. In behind the windows of these vehicles, the faces peering out of the silence were reflected in the clouds of glass that fronted Harry Rosen's; Cartier's; Bemelmans; Eddie Bauer's. Holt Renfrew . . . moon phases; passing on Bloor Street.

Morris Glendenning could feel the subway tumbling beneath him, not like an earthquake—merely an indication that something was there, alive and at work, whose underground voice made no more sound than voices make in dreams. Morris paused at the corner of Bellair Street and watched a man he had intimately known in boyhood wander past him with his eyes averted. Later on, both of them would say: *I saw old so-and-so out on Bloor Street, today. He looked appalling; dead. . . .*

I saw old so-and-so today. We passed.

Here, Morris thought, was a kind of debilitating apartness—an apartness that once had been entirely foreign to all these people: the ones who were perfect strangers and the ones who were intimate friends.

We needed each other. That was why we looked each other in the eye. We needed each other. Morris clenched his jaw, afraid that perhaps his lips had been moving over the words. *We've always shared this dreadful place—these awful storms—this appalling climate—and we knew we couldn't afford to be alone. But now. . . .*

Now he was approaching the final stretch of Bloor Street before the stop at Avenue Road, where he would wait for the light to change, the way he had waited there for over forty years.

Beyond the veils of snow he could see the vaguest hint of neon, red in the air above him: *Park Plaza Hotel*—though all he could see was part of the *z* and part of the final *a*.

A small crowd of people formed near the curb and Morris Glendenning was aware, all at once, how many of them wore fur hats. A dozen fur hats and fifteen heads.

Not one person was looking at any other; only Morris Glendenning, counting. Why were they so unconcerned with one another? When had they all become collectively impassive?

Probably last Tuesday.

Morris smiled. Rhetorical questions formed the backbone of his profession, but he delighted in providing stupid, banal and irritating answers. It was a form of private entertainment.

Still, it affected everything they did—this intractable indifference. It affected the way they walked, he observed—the speed with which they walked—their gait, as they made their way along the street. They moved, Morris thought—gazing at them through the falling snow—with the kind of apathy acquired by those whom something—bitterness?—has taught that nothing waits for those who hurry home. It came to him slowly, standing on the curb at Avenue Road and Bloor, that, when he rode on the subway and was recognized, it was not their recognition of him that mattered: but their hope that he—in all his ballyhooed wisdom and fame—might recognize them and tell them who they were. *I know you from somewhere*: that's what they yearned for him to say. *I know—I recognize who you are.*

In the cellars at the ROM, there is a labyrinth of halls and passageways that leads, through various degrees of light and temperature, to various sequestered rooms where various treasures lie in wait for someone to come and give them back their meaning. Bits and pieces, shards and corners of time—numbered, catalogued, guessed at.

Morris Glendenning stood in one of these rooms—perspiring, it so happened—holding in his fingers, his fingers encased in white cotton gloves—the very mask he had encountered first in its photographed image.

The door behind him was closed.

The room—effectively—was sound-proofed by its very depth in the cellars and its distance from the active centre of the building. A dread, white light was all he had to see by: "daylight" shining from computered bulbs.

The mask's companions—three in number—were set out, sterile on a sterile tray: the fox on its way to becoming a man.

He thought of surgery.

He thought of layers.

How small, he thought, *the face is.*

Looking down at the others, beyond the mask he held, he counted over the variations and degrees of change—the fox in his hands at one extreme and the trio of variations, lying on their tray, burgeoning feature by feature into a close proximity of Oriental human beauty. The widely tilted, oval eyes of the fox became the evenly centered, almond eyes of a man. Of *a priest*, so the collection's catalogue had told him.

A priest. So apt a designation, it could only be amusing. Though amusing, of course, in a sinister way.

Morris felt like a marauding and possibly destructive child bent on mischief. A vandal, perhaps. Most certainly, he knew he was trespassing here, the victim of an irresistible impulse: *put it on. . . .*

He had spent over three hours standing there, touching—lifting—contemplating the masks. Around him, resting on shelves and laid out, numbered in other sterile trays was the department's whole collection of Japanese theatre masks. Each mask was hidden: slung in a silk and sometimes quite elaborate bag, the drawstrings tied in neat, fastidious bows.

Heads, he thought. *The victims of some revolution.*

The truth was—he dared not open the bags to look.

Some of the bags were darkly stained. And, even though he fully recognized the stains were merely of time and of mildew, he could not bring himself to touch them.

Put it on. Don't be afraid.

Go on.

He held the mask up gently before his face.

He could smell its . . . what? Its mustiness?

Or was it muskiness?

He closed his eyes and fitted the moulded inner surface over the contours of his bones.

He waited fully fifteen seconds before he dared to open his eyes.

The masks below him, sitting on their tray, were smiling.

Had they smiled before?

He waited, knowing he must not give up until the whole sensation of the mask had been experienced—no matter how long it took.

He thought he heard a noise somewhere out in the corridor. The voice of someone calling.

He held his breath, in order to hear.

Nothing.

And then, as he began to breathe again, he felt the vibrations of a sound between his face and the mask.

Another voice. But whose?

He was a long way off inside himself and standing in another light. A pattern of leaves threw shadows over what he saw: perhaps the verge of a clearing somewhere.

Creatures—not human—moved before him.

Foxes.

How elegant they were. How delicate: precise and knowing.

Why was he so unconcerned and unafraid?

He began to receive the scent of earth as he had never smelled the earth before: a safe, green, sun-warmed scent.

He looked at his hands. He held them out as far as he could. Human hands—in white gloves. Whose were they?

He tried to speak, but could not.

What emerged, instead of speech, was an inarticulate and strangled sound he had never heard before.

Down below him, where the earth replaced the floor, one of the foxes came and sat at his feet and stared up into his face. It seemed, almost, to know who he was.

Never in all of Morris's life had he been so close to anything wild. He was mesmerized.

Other foxes came, as if to greet him, and they leaned so close against his legs that he could feel their bones against his shins.

The fox that had been the first to come and sit before him narrowed its gaze. It stared so intently, Morris felt that something must be going to happen.

Say something to us, the fox appeared to be saying. Tell us something. Speak to us. . . .

Yes—but how?

Morris was bereft of words. But the impulse to speak was overwhelming. He could feel the sound of something rising through his bowels—and the force of the sound was so alarming that Morris pulled the mask away from his face and thrust it from him—down into the tray from which he had lifted it. When?

How much time had passed. An hour? A day? How far away had he been? Who was he, now? Or what?

He looked—afraid—at the backs of his hands, but they were covered still with the gloves.

The creatures in the tray appeared to stir.

Morris closed his eyes against the notion he was not alone. He did not want to see the floor—for fear the floor was still the sun-warmed ground it had been a moment before.

And yet. . . .

He wanted them back. Their breath and their eyes already haunted him. He waited for their voices—but no voices came.

Morris removed the white cotton gloves. He took a long, deep breath and let it very slowly out between his teeth.

His fingers dipped towards the tray and even before they reached the mask, he smiled—because he could feel the head rising up as sure and real as the sun itself. And when the mask he had chosen was in place, he paused only for seconds before he dared to breathe again; one deep breath, and he found his voice—which was not his human voice but another voice from another time.

Now—at last—he was not alone.

Just before five that afternoon, Mrs Elston was putting the cover on her IBM Selectric and preparing to leave, when she became aware all at once of someone standing behind her.

"Oh," she said—recovering as best she could. "We thought you were not here, Professor Glendenning."

She smiled—but he did not reply.

His enormous height was bending to the task of pulling on his galoshes.

"Shall we be seeing you tomorrow?" Mrs Elston asked.

With his back to her, he shook his head.

"Monday, perhaps?"

But he was buckling his galoshes; silent.

He drew his many scarves about him, buttoned his greatcoat, took up his leather bag and started away.

"Professor Glendenning. . . . It was such a great pleasure. . . ."

But Mrs Elston could not reach him. He was gone and the door swung to and fro.

Mrs Elston sniffed the air.

"Myrna?" she said. "Do you smell something?"

Myrna Stovich needed no prompting.

"Sure," she said. "Dog."

"But there *can't* be a dog!" said Mrs Elston.

"Yeah, well," said Myrna. "We also thought there wasn't no Professor Glendenning, didn't we?"

"True," Mrs Elston laughed. "You're quite right, my dear. But . . . goodness! What a day!" she said. "And now we have to go out into all that snow."

"Yeah," said Myrna Stovich. "Sure. But I like the snow."

"Yes," said Mrs Elston, and she sighed. "I like it, too, I guess." And then she gave a smile. "I suppose I have to, don't I—seeing it's what we've got."

ABOUT THE TRANSLATORS

NORA ALLEYN (LTAC) was born in Quebec City and received a BA in languages from McGill University. After working ten years in Europe and the Middle East, she returned to Canada and studied translation (Université Laval, McGill and Université de Montréal). She worked many years at the National Film Board as a writer and translator. She has published translations in the journal *ellipse*, and her upcoming translations are *Unholy Stories* by Carole David (Guernica Editions), the fiction part of *Les Coureurs des bois* by Georges-Hébert Germain (Museum of Civilization, Hull) and *Maurice Duplessis* by Marguerite Paulin (XYZ Publishing).

LUCIE BEAUSÉJOUR (ATIA) has a Bachelor's and a Master's degree in translation from the Université de Montréal. After working several years for the Canadian government's Translation Bureau, she now divides her time between freelance work, her family and various projects. "Ares" is her third contribution to *TransLit.* She has lived in Calgary since 1988.

MARA BERTELSEN (LTAC, ATIO) obtained her MA in translation studies from the University of Ottawa and now lives and works as a freelance translator in France, in sunny Provence. Her translation of Maryline Desbiolles' culinary novel *La Seiche* (*The Cuttlefish*) was published in 2001.

NEIL B. BISHOP (LTAC) has published a number of literary translations, including *Death of the Spider* (Talonbooks, 1991), which was shortlisted for the Governor General's Award in 1991, *One Beautiful Day to Come* (Ekstasis Editions, 1998) and *The Whole Wide World* (Ekstasis Editions, 2001). He received a commendation for his translations of two short stories by Robert Lalonde in the prestigious BCLA/BCLT translation competition in 2001.

MARIE-CATHERINE CHIASSON (LTAC) is a full-time freelance translator based in Montreal. She'd rather be writing, but draws enormous personal enjoyment and enrichment from translating the work of other writers. Literary translation credits include plays, short stories and poems by Cuban authors Jorge Carrigan and Jorge Alejandro Camacho. She has written a play and a children's novel, both unpublished, and has a particular fondness for children's literature.

SOPHIE COUPAL (LTAC) is a graduate fellow of the McGill Institute for the Study of Canada and a recipient of a fellowship from the Fonds québécois de la recherche sur la société et la culture. She is currently working on her Ph.D. at McGill University (French Department). She graduated in translation studies from the Université de Montréal, specializing in social sciences. "Petits fardeaux" is her first literary translation.

PAULO DA COSTA (LTAC), born in Angola and raised in Portugal, has lived in Canada since 1989. A writer, editor and translator, his first book of fiction, *The Scent of a Lie* (Ekstasis Editions, 2002), won the 2003 Commonwealth Writer's Prize—Canada/Caribbean Region Best First Book Award—and the W.O. Mitchell City of Calgary Book Prize. He is editor of the literary magazine *filling station.* He has translated work by writers Patrick Lane, Gary Geddes, Rajinderpal S. Pal, Shane Rhodes, Weyman Chan and Carmen Derkson into Portuguese and work by writers from Portugal, Angola, Mexico, Brazil, Peru and Argentina into English.

RAY ELLENWOOD (LTAC) has been a professor of English at York University since 1972 and is interested in literature, art history and translation. He has translated several books, mostly literature from Quebec, including works by Marie-Claire Blais, Paul-Émile Borduas, Jacques Ferron, Claude Gauvreau and Gilles Hénault.

JONATHAN KAPLANSKY (LTAC) is a freelance translator and editor based in Ottawa. He recently translated *Au-delà des limites,* the true story of skipper Georges Leblanc's solo crossing of the Atlantic, *Pushing the Limits* (Éditions Faye, 2002). He has published translations of a novel, *Reading Nijinsky* (XYZ Publishing, 2001) by Hélène Rioux *(Traductrice de sentiments),* and a collection of short stories, *The Perfect Woman* (Varia, 1999) by Suzanne Harnois (*La Femme parfaite*). His translations of short stories by Hélène Rioux and Sylvie Massicotte appeared in the journal *Beacons*. He has also written articles on translation for *Circuit* and *Palimpsestes*.

CHRISTINE KLEIN-LATAUD (LTAC), Professor of French Stylistics and Literary Translation, was shortlisted for the Governor General's Award for her translation, *Un Oiseau dans la maison,* of a novel by Margaret Laurence. Among her translations are *Théâtre de revenants* and *La Rose de l'Érèbe*, short stories by Steven Heighton; *En guise d'amants*, poems by Miriam Waddington; and *On ne sait jamais*, short stories by Isabel Huggan.

NÉSIDA LOYER (ATIA, LTAC) is a Calgary-based translator specializing in art exhibition catalogues. Her translation of Timothy Findley's novel *Headhunter (Le Chasseur de têtes*, Boréal*)* was published in 1996. Her translation of Findley's autobiographical collection *From Stone Orchard (Le Verger de pierres)* was published in 2001 by Les éditions Point de Fuite in Canada and Le Serpent à plumes in France.

NICOLE MALLET (LTAC) has a Master's degree in English and a doctoral degree in Comparative Literature from Paris IV-Sorbonne. She came to Canada in 1967 and is now Professor Emerita at the University of Alberta. She has published extensively on classical literature (drama and women letter writers) as well as on the history of translation. Her two most recent books are *Apostrophes* (Éditions du Noroît, 2001), a translation of selected poems by Governor General's Award winner E.D. Blodgett, and *À qui de droit* (Édition des Écrivains, 2003), a translation of *To Whom It May Concern,* a novel by Raymond Federman. She is an officer of the Ordre des Palmes Académiques.

BREON MITCHELL (LTAC, ALTA) has received several US awards for literary translation, including the American Translators Association (ATA) German Literary Prize, the American Literary Translators Association (ALTA) Translation Prize and the Theodore Christian Hoepfner Award. His recent translations include Uwe Timm's *Morenga* and Franz Kafka's *The Trial.* He is Director of the Lilly Library at Indiana University, a repository of rare books and manuscripts from all ages, and a past-president of ALTA.

GILLES MOSSIÈRE (ATIA) was born in Lyons, France, where he studied English. He came to Calgary in 1978 and switched from American to Francophone literature. He received an MA in 1991. He teaches at Mount Royal College, the Alliance française and the University of Calgary, where he has turned his interest in mountaineering into a course on French mountain fiction, and is currently researching the treatment of the Himalayas in French literature for his Ph.D. thesis.

ELISABET RÀFOLS-SAGUÉS (ATIS, LTAC) was born in Barcelona, Catalonia, Spain. She is a certified translator in Canada from English to Spanish. If she had the choice, she would do only literary translation. She has already published many translations, mostly from English and French into Catalan. Currently she is working on a translation into Catalan of *Jeux de patience* by Abla Farhoud. She is a founding member of TransTeatre, a cultural collective dedicated to translating and producing Catalan and Canadian plays.

MAUREEN RANSON (ATIA, LTAC) is a translator, editor and writer in Calgary. She has an MA in French Literature from the University of Calgary (1978). A freelance translator and member of the Calgary Association of Freelance Editors (CAFE) since 1986, she edited *TransLit Volume 5* (Red Deer Press, 2001) and has edited biography, history, literary criticism, and natural history books in English. She has translated two non-fiction books, *The Caveman's Calculator (La Calculatrice de CroMagnon)* and *Scholarly Journals in the New Digital World* (*Le nouveau monde numérique : Le cas des revues universitaires*).

RACHELLE RENAUD (LTAC) is a poet, short story writer and novelist of Franco-Ontarian descent who has lived in Montreal since 1992. Her poems and short stories have been published in literary magazines in Quebec and Ontario. She won the 1996 Prix Jacques-Poirier-Outaouais for her first novel *Le Roman d'Éléonore* (Montreal: VLB éditeur). She has also had two collections of stories published by Les Éditions du Nordir, *L'Amour en personne* (1998) and *Chocs légers* (2003), which was shortlisted for the Prix des lecteurs de Radio-Canada (Ontario). Her translations of poems and stories have appeared in *Exile*, *Beacons*, *ellipse*, *Ruptures* and *Mœbius*.

PRÉSENTATION DES TRADUCTEURS/TRADUCTRICES

NORA ALLEYN (ATTLC), originaire de Québec, est diplômée en langues de l'université McGill. Après avoir travaillé en Europe et au Moyen-Orient pendant dix ans, elle est revenue au Canada et a fait des études en traduction (Université Laval, McGill et Université de Montréal). Elle a travaillé longtemps à l'Office national du film en tant que rédactrice et traductrice, et a publié des traductions dans la revue *ellipse.* Ses traductions à venir sont *Unholy Stories* de Carole David (Guernica Editions), la partie fiction des *Coureurs des bois* de Georges-Hébert Germain (Musée de la civilisation, Hull), et *Maurice Duplessis* de Marguerite Paulin (XYZ Publishing).

LUCIE BEAUSÉJOUR (ATIA) détient un baccalauréat spécialisé et une maîtrise en traduction de l'Université de Montréal. Après avoir travaillé plusieurs années pour le Bureau de la traduction du gouvernement fédéral, elle partage maintenant son temps entre le travail à la pige, sa famille et divers projets. « Ares » est sa troisième collaboration à *TransLit.* Elle habite Calgary depuis 1988.

MARA BERTELSEN (ATTLC, ATIO) est titulaire d'une maîtrise en traductologie de l'Université d'Ottawa. Elle réside maintenant en France (Provence), où elle travaille comme traductrice indépendante. Sa traduction du roman culinaire *La Seiche* (*The Cuttlefish*) de Maryline Desbiolles a paru en 2001.

NEIL B. BISHOP (ATTLC) est l'auteur de plusieurs traductions littéraires, dont *Death of the Spider* (Talonbooks, 1991), finaliste du Prix du Gouverneur général 1991, *One Beautiful Day to Come* (Ekstasis Editions, 1998) et *The Whole Wide World* (Ekstasis Editions, 2001). Il a reçu une mention pour ses traductions de deux nouvelles de Robert Lalonde lors du prestigieux concours de traduction BCLA/BCLT en 2001.

MARIE-CATHERINE CHIASSON (ATTLC) habite Montréal où elle travaille comme traductrice à son compte. Bien qu'elle ait une vocation d'écrivaine, la traduction d'œuvres d'autrui lui apporte beaucoup de satisfaction et d'enrichissement personnels. Elle compte parmi ses traductions littéraires des pièces de théâtre, nouvelles et poèmes de deux auteurs cubains, Jorge Carrigan et Jorge Alejandro Camacho. Auteure inédite d'une pièce de théâtre et d'un roman pour enfants, elle affectionne particulièrement la littérature jeunesse.

SOPHIE COUPAL (ATTLC) est boursière de l'Institut d'études canadiennes de McGill et du Fonds québécois de la recherche sur la société et la culture. Elle poursuit présentement ses études doctorales au Département de langue et littérature françaises de l'université McGill. Elle a étudié la traduction à l'Université de Montréal et se spécialise dans le domaine des sciences humaines. « Petits fardeaux » est sa première traduction littéraire.

PAULO DA COSTA (ATTLC), né en Angola et élevé au Portugal, habite au Canada depuis 1989. Écrivain, rédacteur et traducteur, son premier roman, *The Scent of a Lie* (Ekstasis Editions, 2002), a gagné, en 2003, le prix des écrivains du Commonwealth, catégorie meilleur premier livre pour la région Canada-Caraïbes, et le W.O. Mitchell City of Calgary Book Prize. Il est rédacteur d'une revue littéraire, *filling station.* Il a traduit, en portugais, les œuvres de divers auteurs, dont Patrick Lane, Gary Geddes, Rajinderpal S. Pal, Shane Rhodes, Weyman Chan et Carmen Derkson, et, en anglais, celles d'auteurs portugais, angolais, mexicains, brésiliens, péruviens et argentins.

RAY ELLENWOOD (ATTLC) est professeur d'études anglaises à York University depuis 1972. Il s'intéresse à la littérature, à l'histoire de l'art et à la traduction. Il a traduit, entre autres, plusieurs ouvrages d'auteurs québécois, dont Marie-Claire Blais, Paul-Émile Borduas, Jacques Ferron, Claude Gauvreau et Gilles Hénault.

JONATHAN KAPLANSKY (ATTLC) est traducteur indépendant et rédacteur. Il vit à Ottawa et vient de publier *Pushing the Limits* (Éditions Faye, 2002), traduction du livre *Au-delà des limites* de Georges Leblanc, un marin effectuant une traversée solo de l'Atlantique. Il a traduit un roman d'Hélène Rioux (*Traductrice de sentiments), Reading Nijinsky* (XYZ éditeur, 2001), ainsi qu'un recueil de nouvelles de Suzanne Harnois (*La Femme parfaite), The Perfect Woman* (Varia, 1999). Ses traductions de nouvelles d'Hélène Rioux et de Sylvie Massicotte ont paru dans la revue *Beacons*. Il a également écrit des articles sur la traduction pour *Circuit* et *Palimpsestes.*

CHRISTINE KLEIN-LATAUD (ATTLC) est professeure de stylistique française et de traduction. Elle a été finaliste du Prix du Gouverneur général pour *Un Oiseau dans la maison,* sa traduction d'un roman de Margaret Laurence. Ses traductions principales sont *Théâtre de revenants* et *La Rose de l'Érèbe*, nouvelles de Steven Heighton, *En guise d'amants*, poèmes de Miriam Waddington, et *On ne sait jamais*, nouvelles d'Isabel Huggan.

NÉSIDA LOYER (ATIA, ATTLC) est traductrice et réside à Calgary. Sa spécialité concerne les catalogues d'exposition. Sa traduction du roman de Timothy Findley, *Headhunter (Le Chasseur de têtes*, Boréal*),* a paru en 1996. Sa traduction de *From Stone Orchard (Le Verger de pierres),* recueil autobiographique du même auteur, est sortie en 2001 aux Éditions Point de Fuite au Canada et au Serpent à plumes en France.

NICOLE MALLET (ATTLC) est agrégée d'anglais et docteur en littérature comparée de Paris IV-Sorbonne. Établie au Canada depuis 1967, elle est maintenant professeure émérite à l'université de l'Alberta. Elle a publié de nombreuses études consacrées au théâtre et aux épistolières de l'Ancien Régime ainsi qu'à l'histoire de la traduction. Ses deux ouvrages les plus récents sont *Apostrophes* (Éditions du Noroît, 2001), traduction d'une sélection de poèmes de E.D. Blodgett, lauréat du Prix du Gouverneur général, et *À qui de droit* (Édition des Écrivains, 2003), traduction du roman de Raymond Federman, *To Whom It May Concern.* Elle a été admise dans l'Ordre des Palmes académiques.

BREON MITCHELL (ATTLC, ALTA) a reçu plusieurs prix américains de traduction littéraire, dont le prix littéraire allemand de l'American Translators Association (ATA), le prix de traduction de l'American Literary Translators Association (ALTA) et le prix Theodore Christian Hoepfner. Parmi ses traductions les plus récentes sont *Morenga* de Uwe Timm et *The Trial* de Franz Kafka. Ancien président de l'ALTA, il est directeur de la bibliothèque Lilly (Indiana University), une collection de livres et de manuscrits rares de toutes les époques.

GILLES MOSSIÈRE (ATIA) est né à Lyon (France) où il a fait des études d'anglais. Après avoir déménagé à Calgary en 1978, il est passé de la littérature américaine à la littérature francophone, domaine dans lequel il a obtenu une maîtrise en 1991. Il enseigne au collège Mount Royal, à l'Alliance française et à l'université de Calgary où il a transformé sa passion pour la montagne en un cours de français sur le roman de montagne. Dans le cadre de sa thèse de doctorat, il fait actuellement des recherches sur le traitement de l'Himalaya dans la littérature française.

ELISABET RÀFOLS-SAGUÉS (ATIS, ATTLC) est née à Barcelone, en Catalogne (Espagne). Elle est traductrice agréée au Canada de l'anglais vers l'espagnol. Si elle avait le choix, elle ne ferait que de la traduction littéraire. Elle a déjà publié plusieurs œuvres, surtout anglaises et françaises en catalan. À présent, elle travaille sur la traduction en catalan de *Jeux de patience* d'Abla Farhoud. Elle est une des fondatrices de TransTeatre, un collectif culturel dédié à la traduction et à la production de pièces de théâtre catalanes et canadiennes.

MAUREEN RANSON (ATIA, ATTLC) est traductrice, rédactrice et écrivaine, et habite à Calgary. Elle a obtenu une maîtrise en littérature française de l'université de Calgary en 1978. Elle est traductrice indépendante et membre de la Calgary Association of Freelance Editors (CAFE) depuis 1986 et rédactrice de *TransLit Volume 5* (Red Deer Press, 2001) ainsi que d'œuvres biographiques et historiques, de critique littéraire et d'histoire naturelle en anglais. Elle a aussi traduit des œuvres non romanesques : *The Caveman's Calculator* (*La Calculatrice de CroMagnon*) et *Scholarly Journals in the New Digital World (Le nouveau monde numérique : Le cas des revues universitaires*).

RACHELLE RENAUD (ATTLC) est d'origine franco-ontarienne et habite Montréal depuis 1992. Poète, nouvelliste et romancière, ses poèmes et nouvelles ont paru dans des revues littéraires au Québec et en Ontario. Lauréate du Prix Jacques-Poirier-Outaouais en 1996 pour son premier roman, *Le Roman d'Éléonore* (Montréal : VLB éditeur), elle a également publié deux recueils de nouvelles aux Éditions du Nordir, *L'Amour en personne* (1998) et *Chocs légers* (2003), finaliste du Prix des lecteurs de Radio-Canada

(Ontario). Ses traductions de poèmes et nouvelles ont paru dans les revues *Exile*, *Beacons*, *ellipse*, *Ruptures* et *Mœbius*.

ABOUT THE AUTHORS

JORGE CARRIGAN began his writing career in the early 1980s in Cuba. He has written a dozen plays, a book of short stories and a novel. He wrote television scripts in Havana and has worked in radio and theatre in both Cuba and Canada. In Montreal, he founded the theatre company Théâtrois and staged some of his plays at various venues and festivals. He is currently writing his second novel and works from time to time as a translator.

CAROLE DAVID is a poet and a novelist. *Unholy Stories* is her first collection of short stories. She won the Émile Nelligan award for *Terroristes d'amour* and the Terrasses Saint-Sulpice award from the journal *Estuaire* for *Abandons*. Her most recent collection, *La Maison d'Ophélie,* was shortlisted for the Governor General's Award for Poetry. She teaches creative writing at the Vieux Montréal CEGEP.

TIMOTHY FINDLEY (1930–2002) was the author of eleven novels, including *The Wars,* which received the Governor General's Award for Fiction. He was also the author of three collections of short fiction, three memoirs and five plays, in addition to writing for radio, television and film. He was an Officer of the Order of Canada and Chevalier de l'Ordre des Arts et des Lettres.

GARY GEDDES was born in Vancouver in 1940 and still lives on the West Coast of Canada. He has edited and published more than thirty-five books of poetry, fiction, drama, translation, criticism, non-fiction and anthologies. His latest book is *Sailing Home: A Journey through Time, Place and Memory* (HarperCollins, 2002).

JEAN PIERRE GIRARD has written radio plays, stage plays and film scripts. His father raised chickens, then livestock. He took over the family farm operation for two years after his father died in 1983. He attended university in Montreal, then returned to rural life. He has a BA in script writing, creative writing (UQAM) and gerontology (UQTR) and a Master's degree in creative writing (UQAM, 1992). A professor at the Joliette CEGEP, he gives workshops (mostly tutorials) in Quebec and France. A novelist and short story writer, he has won numerous prizes, including the Prix Adrienne-Choquette for *Silences* (1990).

JONATHAN LOCKE HART teaches at the University of Alberta, where he is director of the Medieval and Early Modern Institute and editor of the *Canadian Review of Comparative Literature,* and has held visiting appointments in History, Comparative Literature and English at Harvard, Cambridge, Princeton and elsewhere. His most recent books are *Breath and Dust* (2000) and *Dream China* (2002), both collections of poetry, *Representing the New World* (2001) and *Columbus, Shakespeare, and the Interpretation of the New World* (2002).

STEVEN HEIGHTON has published three books of poetry, the most recent, *The Ecstasy of Skeptics*, shortlisted for the Governor General's Award, and two collections of short stories, *Flight Paths of the Emperor,* shortlisted for the Trillium Award, and *On Earth As It Is*, as well as a book of essays, *The Admen Move on Lhasa* and a much acclaimed novel, *The Shadow Boxer*. His work has been translated into French, German, Spanish and Lithuanian, and his short story collections were published in Britain by Granta Books.

ROBERT HILLES writes full time and divides his time between Calgary and Salt Spring Island with his partner Pearl Luke. He won the Governor General's Award for Poetry for *Cantos from a Small Room*. His first novel, *Raising of Voices*, won the Writers Guild of Alberta George Bugnet Award for best novel by an Albertan. He has published eleven books of poetry and three books of prose. *Wrapped within Again: New and Selected Poems* was published by Black Moss Press in 2003 and his second novel, *A Gradual Ruin*, by Doubleday Canada in 2004.

PATRICK LANE was born in 1939 in British Columbia. His work has been translated into more than twelve languages. He has published twenty-four books and currently teaches at the University of Victoria. His latest book is *Addicted: Notes from the Belly of the Beast* (Douglas & McIntyre, 2001).

ALEXANDER MACLEOD is currently pursuing postdoctoral studies at Carleton University in Ottawa. His fiction has appeared in some of Canada's leading literary quarterlies, including *The Fiddlehead*, *The Antigonish Review* and *Exile,* and won national awards from The Writer's Union of Canada and the journal *Grain*. His most recent short story, "Light Lifting," was considered for the 2003 Journey Prize in Canadian Literature.

SYLVIE MASSICOTTE lives near Montreal. She has a Master's degree in creative writing (UQAM) and has had four short story collections published by Les éditions de L'instant même: *L'Œil de verre* (1993), *Voyages et autres déplacements* (1995), *Le Cri des coquillages* (2000) and *On ne regarde pas les gens comme ça* (2004). In 1998, Radio-Canada awarded her its Grand Prix littéraire. She has also published four young adult novels with Les éditions de la courte échelle, where she is the editor of the collection Poésie pour adolescents. She is also a screen writer and songwriter and teaches writing workshops in Canada and Europe.

SYLVIE NICOLAS has published seventeen works of prose and poetry, including ten children's books. She has received awards for two of her poems in Quebec and in Paris and was shortlisted for the 1999 Governor General's Award for Children's Literature. She lived for several years in Alberta and now resides in Quebec City's Lower Town.

ANNICK PERROT-BISHOP comes from a multicultural background (Vietnamese, Indian and French). She lives in St. John's, Newfoundland, and has published four books (fiction and poetry) as well as some fifty short stories and poems in literary journals. Her collection *Femme au profil d'arbre* (Éditions David) was published in 2001.

GRAEME POLE has been writing professionally since 1989. He is the author of a novel and five bestselling non-fiction works on the Canadian Rockies. His landscape essays and photography have appeared in numerous publications. He has been the winner (1994) and a finalist (1996, 1997) in the Banff Mountain Book Festival, Mountain Exposition category, and recipient of the inaugural Teddi Brown Nature Writing Award in 1997. He lives with his family near Hazelton in northwestern British Columbia.

HÉLÈNE RIOUX was born in Montreal and has been writing since she was a child. She has published five novels as well as short stories and poetry. She has been shortlisted three times for the Governor General's Award and won the Grand Prix littéraire of the *Journal de Montréal*, the Prix de la Société des écrivains canadiens and the QSPELL award for translation. She is also a translator from English to French and has translated works by Lucy Maud Montgomery, Bernice Morgan and Yann Martel. She divides her time between Quebec and Spain.

ROBERT is a Montreal poet who was raised in Pointe-Saint-Charles, between two railroad tracks and the Lachine canal. Under the pseudonym Robert Paquin, he taught in several universities before devoting himself to the translation of books and films. In a parallel life, he writes songs and poems, including *Les Hommes : paroles sans musique* (JARP, Montreal, 1985), and has produced a CD, *Poussières bleues* (Disques JARP, 027677200106, May 2000). Two more recordings are in the works (*Couvert de poussière bleue* and *Un Amour à la carte*).

HENDRIK ROST was born in 1969 in Burgsteinfurt and studied German and philosophy at Kiel and Düsseldorf. He has received the Düsseldorfer Lyrikpreis (1995), the Heidelberg Clemens Brentano-Preis (2000), the Wolfgang-Weyrauch Preis (2001) and the Dresden Lyrik Preis (2002). He has published three collections of poetry, most recently *Dias von der Brandung im Oktober,* published in Baden-Baden in 2002.

ANNE SZUMIGALSKI (1922-1999) was born in London, England. After serving with the Red Cross as an interpreter during World War II, she immigrated to Canada in 1951 and lived in Saskatoon, Saskatchewan. She helped found the Saskatchewan Writers Guild and the literary journal *Grain*. She won the Governor General's Award for Poetry in 1995 for *Voice* and the Saskatchewan Book of the Year Award for her play *Z*.

RAPHAEL URWEIDER was born in Bern in 1974, where he still lives today. He was awarded the Darmstadt Leonce-Lena-Preis in 1999. His first book of poetry, *Lichter in Menlo Park,* was published by DuMont Literatur und Kunst Verlag in Köln in 2000.

He received a residency fellowship at the Literarisches Colloquium Berlins from the Berlin Senate in 2002.

PRÉSENTATION DES AUTEUR(E)S

JORGE CARRIGAN a débuté comme écrivain dans les années 1980 à Cuba. Auteur d'une douzaine de pièces de théâtre, d'un recueil de nouvelles et d'un roman, il a en outre écrit des scénarios pour la télévision à la Havane et travaillé à la radio et au théâtre à Cuba et au Canada. Il a fondé la compagnie de théâtre Théâtrois à Montréal, où il a produit certaines de ses pièces en salle et dans le cadre de festivals. Il travaille à son deuxième roman et occasionnellement comme traducteur.

CAROLE DAVID, poète et romancière, publie son premier recueil de nouvelles avec *Histoires saintes*. Elle est lauréate du Prix Émile-Nelligan pour *Terroristes d'amour* et du Prix des Terrasses Saint-Sulpice de la revue *Estuaire* pour *Abandons*. Son plus récent recueil, *La Maison d'Ophélie*, a été finaliste pour le Prix du Gouverneur général en poésie. Elle enseigne la création littéraire au cégep du Vieux Montréal.

TIMOTHY FINDLEY (1930–2002) a publié onze romans, dont *Guerres,* qui a reçu le Prix du Gouverneur général (catégorie romans et nouvelles). Il a de plus écrit trois recueils de nouvelles, trois volumes de mémoires et cinq pièces de théâtre, sans compter des textes pour la radio, la télévision et le cinéma. Il était Officier de l'Ordre du Canada et Chevalier de l'Ordre des Arts et des Lettres.

GARY GEDDES est né à Vancouver en 1940 et habite encore la côte Ouest du Canada. Il a publié et dirigé la publication de plus de trente-cinq œuvres variées (poésie, fiction, théâtre, traduction, critique, littérature non romanesque et anthologies). Son dernier ouvrage, *Sailing Home: A Journey through Time, Place and Memory* (HarperCollins), a été publié en 2002.

JEAN PIERRE GIRARD a écrit pour la radio, la scène et le cinéma. Son père était éleveur de poules, puis de bétail. Il a géré la ferme familiale pendant deux ans après la mort de son père en 1983. Il a fait des études universitaires à Montréal puis est retourné à la campagne. Il détient un baccalauréat ès arts en scénarisation cinématographique, création littéraire (UQAM) et gérontologie

(UQTR) ainsi qu'une maîtrise en création littéraire (UQAM, 1992). Professeur au cégep de Joliette, il donne des ateliers (surtout en tutorat) au Québec et en France. Romancier et nouvelliste, il a remporté plusieurs prix dont le Prix Adrienne-Choquette pour *Silences* (1990).

JONATHAN LOCKE HART enseigne à l'université de l'Alberta où il est directeur de l'Institut d'Études du Moyen Âge et de la Renaissance ainsi que de la *Revue Canadienne de Littérature Comparée*. Il a également enseigné l'histoire, la littérature comparée et l'anglais comme professeur invité, entre autres à Harvard, Cambridge et Princeton. Ses livres les plus récents sont deux recueils de poésie, *Breath and Dust* (2000) et *Dream China* (2002), ainsi que *Representing the New World* (2001) et *Columbus, Shakespeare, and the Interpretation of the New World* (2002).

STEVEN HEIGHTON a publié trois recueils de poèmes, dont le dernier, *The Ecstasy of Skeptics*, a été finaliste du Prix du Gouverneur général, ainsi que deux recueils de nouvelles (*Flight Paths of the Emperor,* finaliste du prix Trillium, et *On Earth As It Is),* des essais (*The Admen Move on Lhasa)* et un roman très remarqué (*The Shadow Boxer)*. Ses œuvres ont été traduites en français, en allemand, en espagnol et en lituanien, et ses nouvelles ont été publiées en Grande-Bretagne par Granta Books.

ROBERT HILLES se consacre entièrement à l'écriture. Il partage son temps entre Calgary et Salt Spring Island avec sa partenaire Pearl Luke. Il a remporté le Prix du Gouverneur général en poésie pour *Cantos from a Small Room.* Son premier roman, *Raising of Voices*, s'est mérité le prix George Bugnet remis par la Writers Guild of Alberta au meilleur roman écrit par un albertain. Il a publié onze recueils de poésie et trois ouvrages en prose. *Wrapped within Again: New and Selected Poems* a été publié par Black Moss Press en 2003 et son second roman, *A Gradual Ruin*, par Doubleday Canada en 2004.

PATRICK LANE est né en 1939 en Colombie-Britannique. Il a publié vingt-quatre livres et a été traduit en plus de douze langues. Il enseigne à l'heure actuelle à l'université de Victoria. Sa dernière œuvre, *Addicted: Notes from the Belly of the Beast* (Douglas & McIntyre), a été publiée en 2001.

ALEXANDER MACLEOD poursuit actuellement des études postdoctorales à l'université Carleton à Ottawa. Ses œuvres ont paru dans certaines des principales publications littéraires du Canada, dont *The Fiddlehead*, *The Antigonish Review* et *Exile*. Il a remporté des prix nationaux décernés par le Writer's Union of Canada et la revue *Grain*. « Light Lifting », sa dernière nouvelle, était en lice pour le prix de littérature canadienne Journey Prize 2003.

SYLVIE MASSICOTTE vit près de Montréal. Elle détient une maîtrise en création littéraire (UQAM). Elle a publié quatre recueils de nouvelles aux Éditions de L'instant même : *L'Œil de verre* (1993), *Voyages et autres déplacements* (1995), *Le Cri des coquillages* (2000) et *On ne regarde pas les gens comme ça* (2004). En 1998, la Société Radio-Canada lui décernait le Grand Prix de la nouvelle. Elle a également signé quatre romans jeunesse aux Éditions de la courte échelle où elle dirige la collection Poésie pour adolescents. Elle est aussi scénariste, parolière et anime des ateliers d'écriture au Canada et en Europe.

SYLVIE NICOLAS est poète et écrivaine et a publié dix-sept ouvrages dont dix pour la jeunesse. Deux de ses poèmes lui ont valu des distinctions au Québec et à Paris. En 1999, elle était finaliste du Prix du Gouverneur général en littérature jeunesse. Elle a vécu plusieurs années en Alberta et réside maintenant dans la Basse-Ville de Québec.

ANNICK PERROT-BISHOP est d'origine vietnamienne, indienne et française. Résidente de Saint-Jean de Terre-Neuve, elle a publié quatre livres (roman et poésie) et une cinquantaine de nouvelles et poèmes dans des revues littéraires. Son recueil *Femme au profil d'arbre* (Éditions David) a paru en 2001.

GRAEME POLE est auteur professionnel depuis 1989. Il a écrit un roman et cinq best-sellers sur les Rocheuses canadiennes. Ses essais sur la notion de « paysage » et ses photographies ont été publiés dans de nombreuses revues. Il a été gagnant en 1994, et finaliste en 1996 et 1997, dans la catégorie Mountain Exposition au Banff Mountain Book Festival. Il a aussi été le premier récipiendaire du Teddi Brown Nature Writing Award en 1997. Il habite avec sa famille près de Hazelton, dans le nord-ouest de la Colombie-Britannique.

HÉLÈNE RIOUX est née à Montréal et écrit depuis son enfance. Elle a publié cinq romans, des nouvelles et des poèmes. Mise en nomination trois fois pour le Prix du Gouverneur général, elle a remporté le Grand Prix littéraire du *Journal de Montréal*, le Prix de la Société des écrivains canadiens et le Prix de traduction QSPELL. Elle fait également des traductions de l'anglais vers le français, notamment des œuvres de Lucy Maud Montgomery, Bernice Morgan et Yann Martel. Elle passe son temps entre le Québec et l'Espagne.

ROBERT est un poète montréalais, élevé à la Pointe-Saint-Charles, entre deux voies ferrées et le canal Lachine. Sous le pseudonyme de Robert Paquin, il a enseigné à plusieurs universités, avant de se consacrer à la traduction littéraire et à la traduction cinématographique. Dans une vie parallèle, il écrit des chansons et des poèmes, dont *Les Hommes : paroles sans musique* (JARP, Montréal, 1985), et a produit un CD, *Poussières bleues* (Disques JARP, 027677200106, mai 2000). Il prépare deux autres disques (*Couvert de poussière bleue* et *Un Amour à la carte*).

HENDRIK ROST est né en 1969 à Burgsteinfurt. Il a étudié l'allemand et la philosophie à Kiel et à Düsseldorf et a reçu plusieurs prix, dont le Düsseldorfer Lyrikpreis (1995), le Clemens Brentano-Preis de Heidelberg (2000), le Wolfgang-Weyrauch Preis (2001) et le Dresden Lyrik Preis (2002). Il est l'auteur de trois recueils de poésie, dont *Dias von der Brandung im Oktober*, qui a été publié à Baden-Baden en 2002.

ANNE SZUMIGALSKI (1922–1999) est née à Londres et a travaillé comme interprète pour la Croix-Rouge pendant la Deuxième Guerre mondiale. En 1951, elle a immigré à Saskatoon en Saskatchewan, où elle a été l'un des membres fondateurs de la Saskatchewan Writers Guild et de la revue littéraire *Grain*. En 1995, elle a obtenu le Prix du Gouverneur général en poésie pour *Voice* et le prix Saskatchewan Book of the Year pour sa pièce de théâtre *Z*.

RAPHAEL URWEIDER est né à Berne en 1974 et il y habite encore aujourd'hui. Il a reçu le prix Leonce-Lena-Preis de Darmstadt en 1999. Son premier recueil de poésie, *Lichter in Menlo Park*, a été publié par DuMont Literatur und Kunst Verlag à Köln en 2000. Le Sénat de Berlin lui a accordé une bourse en 2002 lui permettant d'occuper un poste temporaire au Literarisches Colloquium Berlins.

SOURCES

Jorge Carrigan, Four fables from *Cascabeles en la punta / A Whip with Bells on the Tip* (pp. 30-31 and 40-47), Toronto: Artifact, 1999. Reprinted with permission from the author. Translation copyright©2003 Marie-Catherine Chiasson.

Carole David, "Mère à main armée" from *Histoires saintes* (pp. 53-57), Montreal: Éditions les herbes rouges, 2001. "Mother Up in Arms" from *Unholy Stories* (in press, Toronto: Guernica Editions). Reprinted with permission from the author and publisher. Translation copyright©2003 Nora Alleyn.

Timothy Findley, "Foxes" from *Stones* (pp. 61-74), Toronto: Penguin Books, 1989. Reprinted with permission from the author. Translation copyright©2003 Nésida Loyer.

Geddes, Gary, "Sandra Lee Scheuer" from *The Acid Test* (pp. 14-15), Winnipeg: Turnstone Press, 1981. Also appeared in *Active Trading: Selected Poems 1970-1995* (pp. 27-28), Fredericton, NB: Goose Lane Editions. Reprinted with permission from the author. Translation copyright©2003 paulo da costa.

Jean Pierre Girard, "L'Élue" from *Espaces à occuper* (Édition de poche, pp. 81-84), Quebec City: Les éditions de l'instant même, 1999. Reprinted with permission from the author and publisher. Translation copyright©2003 Rachelle Renaud.

Jonathan Locke Hart, "Ancient Music" from *Breath and Dust* (pp. 3-4), University of Alberta Press, 2000, Edmonton: Mattoid/Grange. Reprinted with permission from the author. Translation copyright©2003 Nicole Mallet.

Steven Heighton, "Carnet d'adresses" and "Cascades perdues" (in press, Toronto: House of Anansi Press). Used with permission from the author. Translation copyright©2003 Christine Klein-Lataud.

Robert Hilles, "Ares" from *Near Morning* (pp. 11-12), Windsor, ON: Black Moss Press, 1995. Reprinted with permission from the author. Translation copyright©2003 Lucie Beauséjour.

Patrick Lane, "Beauty" from *Bare Plum of Winter Rain* (p. 51), Madeira Park, BC: Harbour Publishing, 2000; "Winter 18" from *Winter* (p. 18), Ed. Anne Szumigalski, Regina, SK: Coteau, 1990; and "Stars" from *Too Spare, Too Fierce* (p. 17), Madeira Park, BC: Harbour Publishing, 1995. Reprinted with permission from the author. Translation copyright©2003 paulo da costa.

Alexander MacLeod, "Light Lifting," *Exile: The Literary Quarterly* (pp. 121-139)*, 26*(3), 2002. Reprinted with permission from the author and publisher. Translation copyright©2003 Sophie Coupal.

Sylvie Massicotte, "L'Heure du thé" from a Mediterranean women's journal, *Étoiles d'encre* (No. 5-6, March 2001), Éditions Chèvrefeuille étoilée, France-Algeria, and produced as a play by l'Atelier Théatr'elles in 2001 in Montpellier, France. Reprinted with permission from the author. Translation copyright©2003 Maureen Ranson.

Sylvie Nicolas, "Si Parla Italiano" from *L'Amour sauce tomate* (pp. 59-78), Quebec: Le Loup de Gouttière, 1996. Reprinted with permission from the publisher. Translation copyright©2003 Mara Bertelsen.

Robert, "Notice biographique" (1994, unpublished). Used with permission from the author. Translation copyright©2003 Ray Ellenwood.

Annick Perrot-Bishop, Three poems from *Femme au profil d'arbre* (pp. 13, 73, 75), Ottawa: Éditions David, 2001. Reprinted with permission from the author and publisher. Translation copyright©2003 Neil B. Bishop.

Graeme Pole, "Prologue" and "Chapter 1" from *Healy Park* (pp. 9-14), Field, BC: Mountain Vision Publishing, 1998. Copyright©1998 Graeme Pole. Reprinted with permission from the author. All rights reserved. Translation copyright©2003 Gilles Mossière.

Hélène Rioux, "Le Réveillon" from *Dialogues intimes* (pp. 25-35), Montreal: XYZ éditeur, 2002. Reprinted with permission from the author and publisher. Translation copyright©2003 Jonathan Kaplansky.

Hendrik Rost, "Ins Zeug Legen" (unpublished). Used with permission from the author. Translation copyright©2003 Breon Mitchell.

Anne Szumigalski, Poem from the prologue to the play *Z, A Meditation on Oppression, Desire and Freedom* (pp. 1-2), Winnipeg: Signature Editions, 2001. Reprinted with permission from the publisher. Translation copyright©2003 Elisabet Ràfols-Sagués.

Raphael Urweider, "Herr galilei ist der große erfinder" and "Wo hören sie hin herr edison" from *Lichter in Menlo Park*, Köln, Germany: DuMont Literatur und Kunst Verlag, 2000. Reprinted with permission from the author and publisher. Translation copyright©2003 Breon Mitchell.

ORDER FORM / BON DE COMMANDE

To order copies of *TransLit Volume 6* and *TransLit Volume 5*, please complete this order form and mail it with payment or contact ATIA / Pour commander des exemplaires de *TransLit Volume 6* et *TransLit Volume 5*, veuillez remplir ce bon de commande et l'expédier accompagné du paiement ou contacter l'ATIA:

ATIA
PO Box 2635 Station M
Calgary, Alberta Canada T2P 3C1
E-mail/Courriel admin@atia.ab.ca

Quantity/Quantité	Description	Unit Price / Prix unitaire
________	*TransLit Volume 6*	$12.00
________	*TransLit Volume 5*	$16.95

Shipping / Expédition (see below / voir ci-dessous) $__________
TOTAL $

Shipping/Expédition:
in/au Canada: $3.00 for one or two copies / pour un ou deux exemplaires or/ou
$6.00 for three to six copies / pour de trois à six exemplaires in/en Alberta or/ou
$10.00 elsewhere in Canada / ailleurs au Canada
to US / aux É-U: $6.00 for one or two copies / pour un ou deux exemplaires
other countries / à l'étranger: $12.00 for one or two copies / pour un ou deux exemplaires

Please pay full amount by cheque or money order in Canadian currency (including shipping) payable to ATIA. / Veuillez régler par chèque ou mandat international en devises canadiennes représentant le montant total (incluant les frais d'expédition), libellé à l'ordre de l'ATIA.

Please print / Écrire en lettres moulées
Name / Nom: ________________________ Date: ________
Address / Adresse:
____